Sina Blackwood

ASPHALT, SEX & ABENTEUER

AF235921

Bibliografische Informationen der Deutschen Nationalbibliothek:
Die Deutsche Nationalbibliothek verzeichnet diese Publikation in der Deutschen Nationalbibliografie; detaillierte bibliografische Daten sind im Internet über https://www.dnb.de abrufbar.

© 2. Auflage: Februar 2022

© Coverbild: Fotolia 86509859 - Bus in front of mountain landscape © lassedesignen
© Illustrationen: Kay Elzner
Umschlaggestaltung: Sina Blackwood
Layout: Sina Blackwood

Herstellung und Verlag:
BoD – Books on Demand, Norderstedt
ISBN: 9783755749509

Schlösser, Burgen, alte Mauern

Seit Jahren fühlte sich Maja im grauen Alltag gefangen, in einer langweiligen Ehe und Verpflichtungen, vor denen sie lieber heute als morgen davongelaufen wäre. So träumte sie sich in ferne Welten, andere Zeiten und in Abenteuer, die sie nur zu gern genau so erlebt hätte.

Anders aus der Wirklichkeit zu fliehen, kam aus vielerlei Gründen nicht infrage. Also schrieb sie ihre Sehnsüchte in Romanen und Kurzgeschichten nieder.

Statt unleidlich gegen sich selbst und die Welt zu werden, überlegte sie, wie sie sich hin und wieder eine kleine Auszeit nehmen könne. Und sie fand eine Lösung par excellence.

Sobald sich Maja fühlte, als würden die Wände der Wohnung immer näher rücken, um ihr die Luft zum Atmen zu rauben, buchte sie kurze Bustouren bei ihren bevorzugten Reisebüros, um ihren angesammelten Kummer wenigstens für kurze Zeit vergessen zu können.

Patrick, seit ein paar Jahren ihr Angetrauter, bekundete höchst selten Interesse an ihrer Arbeit, oder daran, auf Rechercheeisen mitfahren zu wollen und so hatte sie sich inzwischen daran gewöhnt, allein unterwegs zu sein.

Eigentlich wäre sie mit dem eigenen Auto beweglicher gewesen. Nur hätte sie dann vorwiegend auf das graue Asphaltband der Straßen gestarrt und kaum etwas von den wundervollen Landschaften wahrgenommen, durch die der Weg führte.

Sie liebte es, versteckte Burgen zu entdecken, ungewöhnliche Wolkenformationen zu beobachten und Tiere, die den anderen fast immer entgingen. Egal, wohin die Reise führte, Maja notierte, fotografierte und recherchierte zu allem, was ihr irgendwie vor die Augen und zu Ohren kam.

Hin und wieder, wenn ihr die Gesprächspartner interessant genug erschienen, offenbarte sie sich als Schriftstellerin, auf der Suche nach neuem Romanstoff.

Maja seufzte. Gerade heute war wieder einer jener Tage, an dem sie glaubte, in der Enge ihrer Ehe ersticken zu müssen. Eine Lokomotive unter Volldampf, gefangen auf 50 Metern Gleis, ohne Anschluss irgendwohin.

Sie setzte sich vor ihren Laptop und tippte das magische Wort Busreise ein, worauf das Gerät eine spärliche, schnell überschaubare Liste auf das Display zauberte. Mit zusammengekniffen Augen checkte sie die magere Datenreihe.

Reiseziele uninteressant, Termine ungünstig, zu teuer…

Weil sie so nicht weiterkam, versuchte sie es über das Eingrenzen des möglichen Zeitraums. Treffer. Ein Tag Urlaub außer der Reihe müsste doch zu machen sein?!

Und Maja träumte schon wieder – von einer Zufallsbekanntschaft, die die Nacht zu einem Erlebnis der besonderen Art machen könnte.

Ziemlich rasch kam sie auf den Boden der Tatsachen zurück. Nicht nur, weil zu Hause wieder mal alles völlig unromantisch lief. Sie wäre schlicht zu feige gewesen, solche eine Offerte überhaupt anzunehmen.

Zudem fürchtete sie, an einen zu geraten, der die Situation dahingehend ausnutzte, sie nach einem One-Night-Stand zu erpressen. Oder noch schlimmer, an einen, der sie dann bedrängte und plötzlich Absichten hegte, die ihr völlig fern lagen.

Brutal durch ihre eigenen Gedanken im Höhenflug gestoppt, tauchte sie lieber wieder in die Zauberwelten ihrer Manuskripte ein.

Hin und her gerissen, wie jedes Mal, wenn sie aus ihrem Alltagstrott fliehen wollte, dauerte es ein paar Tage, bis sie sich entschloss, endlich ihren Platz im Bus zu buchen, immer bangend und hoffend, eines der raren Einzelzimmer zu erwischen.

Der nächste Nervenkitzel bestand stets darin, darauf zu warten, ob die Reise überhaupt stattfinden konnte, oder aus Mangel an Interessenten abgesagt werden musste.

Wenn schließlich der widrige Fall einsetzte, stürzte Maja, obwohl darauf vorbereitet, in ein tiefes Loch aus schierer Verzweiflung. Sie spürte geradezu körperlich schmerzhaft, wertvolle Minuten ihres Lebens unwiederbringlich verrinnen.

Aber lieber so, als gar nichts zu tun, und irgendwann festzustellen, dass man physisch nicht mehr in der Lage war, sich die Welt anzuschauen. Also nutzte sie jede noch so kleine Chance, ihrer großen Leidenschaft, auf den Spuren des Mittelalters zu wandeln, zu frönen.

Was konnte es da Besseres geben, als eine Reise in den Süden zu unternehmen und schon entlang der Autobahnen und Fernstraßen von Deutschland, über Österreich, Italien, bis hin nach Frankreich und Monaco die Burgen, Schlösser oder kaum noch kenntlichen Ruinen solcher zu entdecken.

Und manchem Kleinod der Baukunst schaute sie mit verträumtem Blick so lange hinterher, bis es vom nächsten Felsvorsprung verdeckt wurde. Als Burgfräulein hätte sie die Dienste eines streitbaren Ritters dankbar angenommen und den siegreich zurückkehrenden Recken wohl auch nicht nur mit Goldstücken der geprägten Art entlohnt …

Ja, da war es wieder, das Abstellgleis, der unsichtbare Keuschheitsgürtel, der eine schlimmere Last als ein ganzer Plattenharnisch sein konnte. Maja zählte ihre geheimen Seufzer schon gar nicht mehr. Sie bemühte sich nur noch, es nicht versehentlich laut und vernehmlich zu tun.

Schon gar nicht dann, wenn sie sich bisweilen selbst verwöhnte, um sich als Frau fühlen zu können.

Die Prinzen auf weißen Pferden, schienen mit dem Mittelalter ausgestorben zu sein und zur Not hätte es ja auch ein modernerer mit einem Auto sein dürfen. Wobei das Auto nicht einmal Bedingung gewesen wäre.

Mit einem genervten Stöhnen schlug Maja den neuen Reisekatalog zu, wobei sie sehr darauf achtete, ihr Lesezeichen nicht zu verschieben. Denn diesmal wollte sie sich nicht mit nur einem Ort zufriedengeben. Es sollte ein regelrechter Marathon längst vergangener Baukunst werden, der zudem durch fast alle Landschaftsformen der nördlichen Hemisphäre führte.

Natürlich hatte sie die anvisierten Länder schon besucht, mitunter auch mehrmals, aber noch nie unter diesem Aspekt. Mit einem vergnügten Lächeln nahm sie ein paar Tage später die Reisepapiere aus dem Briefkasten.

Mit Landkarte und Entfernungsrechner kam sie auf ein Ergebnis von über 3000 Kilometern, auf denen es sicher enorm viel zu bestaunen gab.

Der Morgen der Abreise präsentierte sich mit einem Wetter, das eher zum Abgewöhnen, als der Förderung jeglicher Reisefreudigkeit gedient hätte.

9

Es goss wie aus Kübeln, sämtliche Taxigesellschaften sagten ab und Maja streifte ihrem Rollköfferchen schließlich einen schwarzen Müllsack über, um den Inhalt halbwegs vor Feuchtigkeit und Schäden schützen zu können, weil sie mit den öffentlichen Verkehrsmitteln zum Treffpunkt fahren musste.

Doch, wie durch Zauberhand, lösten sich die Regenwolken auf, als Maja die Haustür abgeschlossen und den ersten Fuß auf den Bürgersteig gesetzt hatte.

„Na also, es geht doch!", murmelte sie, ihren Koffer über das nasse Pflaster hinterherziehend.

Den Müllsack hatte sie flugs in einem Außenfach verstaut. Man konnte ja nie wissen, was sich der Wettergott noch alles einfallen ließ. Die paar Schlammspritzer ließen sich in trockenem Zustand sicher ausbürsten.

Endlich auf dem Bushalteplatz angekommen, beobachtete sie interessiert die vielen Passagiere, die sich rasch auf diverse Reisebusse verteilten, und besonders diejenigen, mit denen sie die nächsten Tage verbringen werde. Recht zufrieden stellte sie ihren Koffer in den Frachtraum, um wenige Augenblicke später ihren Platz genau neben der kleinen Bordküche im Bus einzunehmen.

Maja schmunzelte. Alles, was der Mensch zum Wohlfühlen brauchte, gleich zum Greifen nah. Inklusive des Ausgangs, um auf den Rastplätzen mit einem Satz im Freien zu sein. Vor allem mindestens eine Scheibe, vor der niemand saß, um auf der anderen Seite des Busses, während der Fahrt, fotografieren zu können.

Der liebe Gott, weiß schon, was er tut, dachte Maja. Wobei sie eindeutig den falkenköpfigen Horus zu ihrem *lieben Gott* erklärte. Es gab da so ein paar Dinge aus grauer Vorzeit… Das hatten ihre Familienforschungen ergeben. Kreuzzüge, Schlachtgetümmel, seltsame Verbindungen zu fernen vergangen Zeiten – praktisch Ritter, Tod und Teufel.

Im Augenblick legte Maja aber keinen Schwert- sondern ihren Sicherheitsgurt an, lauschte den Begrüßungsworten der Reiseleiterin und stellte ihren Sitz auf Wohlfühloase ein, wobei der Bus langsam vom Parkplatz rollte und sich in den Morgenverkehr einfädelte.

Im Vogtland gab es die erste Rast mit einem Morgencappuccino vom Busfahrer, der Maja ein Lächeln ins Gesicht zauberte. Nicht nur der freundliche Herr, auch das heiße Getränk, weil es fantastisch schmeckte. Anschließend ging es bis kurz vor München ganz flott voran, zumal die Standspur freigegeben war und man wirklich Meter machen konnte. Dann plötzlich das übliche Staudilemma.

Zeitig genug, dass der Fahrer, der ja auch seine Pausenzeiten einhalten musste, noch die Autobahn verlassen und eine Route über die Landstraßen einschlagen konnte.

Maja genoss den Anblick der saftig grünen Wiesen und Felder. Sie würde ihm wohl ewig dafür dankbar sein, weil sie hier wohl so schnell nicht wieder hinkommen werde.

Die lange Pause am Tegernsee nutzte sie, um unzählige Fotos zu schießen. Nicht nur das Wasser zog sie magisch an. Die wundervollen Häuser des Örtchens versetzten sie in eine euphorische Stimmung.

Diese steigerte sich noch, als sie den Achenpass überquerten und der gleichnamige See in einen geheimnisvollen dunkeltürkisgrünen Schimmer getaucht, an ihr vorbeiglitt.

Maja rieb sich verwundert sie Augen. Sie wusste genau, dass die Uferregion besiedelt war. Nur konnte sie keine Spur davon entdecken. Das, was sie in den Bögen des Tunnels erspähte, zeigte unberührte Natur.

Einige Worte der Reiseleiterin, über die 941 Meter über Normalnull des Passes auf dem Scheitelpunkt, und ein paar Daten über den See zogen unvermittelt auch den magischen Schleier weg, entblößten zahllose weiße Boote und Ausflugsschiffe. Nur das unglaubliche Türkis des Sees änderte sich nicht.

Was mochte dieser tiefe See wohl schon alles gesehen haben? Maja rief sich in Erinnerung, was sie über ihn wusste: 380 Meter über dem Inntal, die Grenze zwischen Karwendelgebirge im Westen und Brandenberger Alpen im Osten.

Sie mochte Tirol. Das letzte Mal war sie mit dem Zug hier gewesen – eine verrückte und denkwürdige Reise für eine Veranstaltung, die von einem Tiroler Literaturmagazin organisiert worden war.

Sie erinnerte sich daran, wie sie damals nachts allein vom *Goldenen Dachl* zum Bahnhof gewandert war und sich hoffnungslos verlaufen hatte. Kein Mensch weit und breit, kein Auto und schon gar kein Taxi.

Irgendwann hatte sie Zugschienen entdeckt und war ihnen kurzerhand gefolgt. Glücklicherweise in die richtige Richtung. Dummerweise war sie aber auf der falschen Seite des Bahngeländes herausgekommen und ein Bahnbediensteter hatte sie schließlich aus lauter Mitleid auf verschlungenen Dienstwegen zum öffentlichen Teil des Bahnhofsgebäudes gebracht.

Jetzt führte sie der Weg an Wattens, den Kristallwelten und Innsbruck vorbei. Wobei nicht viel von allem zu sehen war, denn Petrus hatte es wieder vorgezogen, die Landschaft mit dichten Regenwolken zu verhüllen.

Es blitzte, donnerte, goss wie aus Kübeln und bald stand das Wasser mehr als knöcheltief auf der Autobahn. Selbst die 198 Meter lange und 190 Meter hohe Europabrücke über das Wipptal, war nur zu erahnen und Maja setzte ihr ganzes Vertrauen in die Künste des Fahrers, der das schwere Gefährt wie ein eigenes Körperteil beherrschte.

Eine seltsame Ruhe hatte sich ihrer bemächtigt, als betrachte sie das Inferno als Unbeteiligte. Daten, die sie längst vergessen glaubte, kreisten in ihren Gedanken. So auch jene, über die Brücke, die damals, als man sie baute, die höchste in ganz Europa gewesen war. Heute ist das imposante Bauwerk zwar lange von anderen überflügelt, aber immer noch die höchste Brücke Österreichs.

Vorbei an den Abzweigungen zum Stubaital erklomm der Bus den Brennerpass, wo die finsteren Wolken wie angenietet festhingen und weiter ihren Inhalt mit unverminderter Stärke entleerten. Dem typischen Jadegrün des Brennersees schien der Regen allerdings nichts anhaben zu können.

Mit dem Erreichen der zu Italien gehörenden Autonomen Provinz Bozen / Südtirol, hörte auch der Regen auf, als wolle er sagen: *Heh, JETZT kommt das, was du erwartest.* Die Sonne lugte sogar wieder hervor. Vorab sei verraten, dass sie sich auch nicht lumpen ließ und während der mehrtägigen Reise hell, heiß und absolut verlässlich schien.

Zum inneren Wärmegefühl gesellte sich die äußere Wärme, was sich überdeutlich in Majas strahlenden Augen widerspiegelte.

Logisch, dass ihr gleich wieder tausend Gedanken durch den Kopf schossen. Welche von der harmlosen Sorte, wie Goethes Reisebeschreibungen von Italien, aber auch das bekannte Wortspiel *gen Italien / Genitalien*, womit sie ohne Umschweife auf das Wort *amore* kam.

An diesem Punkt knallten die Gedanken wieder an die unsichtbare Mauer, rutschten daran herab und sammelten sich als trauriges Häufchen am Fuße derselben.

Maja musste wohl so todunglücklich gewirkt haben, dass sie der nette Toilettenmann bei der nächsten Rast als *VIP* an den anderen vorbei auf die Behindertentoilette lotste und ihr hinterher mit einem verschwörerischen Blinzeln eine Tüte Drops entgegenhielt.

Maja fasste mechanisch nach einem der Bonbons, murmelte „grazie" und hob erstaunt den Kopf, weil sie zudem noch ein von Herzen kommendes Lächeln erhielt.

Sie lächelte zurück. In der Tür drehte sie sich noch einmal um. „Arrivederci!"

Er blinzelte wieder und rief: „Sarei felice", wenn sie es recht verstanden hatte.

Das traurige Gedankenhäufchen zog es vor, sich in einen Blütenteppich zu verwandeln, und Maja ließ sich, weil sie gerade an der offenen Tür mit der Bordküche vorbeikam, vom Busfahrer einen Cappuccino zaubern, den er ihr mit einem Schmunzeln überreichte.

Die Reisebegleiterin verdrehte lustig die Augen und erklärte: „Da lässt er einfach keinen anderen ran."

An mich, sinnierte Maja mit einem vergnügten Grinsen, welches sich auch auf die Blümchen übertrug und Maja veranlasste, ihren Blumenteppichgedanken mitzuteilen, sich in den nächsten Tagen nicht von der Stelle zu rühren, und wenn, dann als Höhenflüge über alle Mauern hinaus, sonst werde sie sie aufs Gröblichste mit Füßen treten. Zudem sah sie in dem zart rosaroten Drops die Inkarnation einer gleichfarbigen Brille, die ihr buchstäblich den Urlaub versüßen musste. Denn anders konnte es gar nicht sein. Basta!

Völlig verschüchtert, wagten die Gedanken nicht einen einzigen Einwand und Maja beförderte den leeren Becher mit gezieltem Wurf in den nächsten Mülleimer, enterte die Treppe und kuschelte sich zufrieden ins Polster des Sitzes.

Auf den nächsten Kilometern war sie dann mit Schauen und Staunen beschäftigt, als habe sie noch nie ein Gebirge von nahem gesehen. Links und rechts des Weges reihten sich geschichtsträchtige Gemäuer aneinander, wie Perlen an einer überaus kostbaren Kette.

Kein Wunder, denn in Südtirol wimmelt es geradezu von Schlössern, alten Ansitzen, Burgen und deren Ruinen. Man sagt, es seien um die 400. Maja wurde das Gefühl nicht los, dass rund um Bozen die meisten Adelsherren ihre Anwesen hatten bauen lassen.

Ob es nur strategische Gesichtspunkte gewesen waren oder auch der Sinn für Schönheit, wollte sie dabei lieber nicht wissen. Sicher war nur, dass sehr viele dieser Kleinode auch besichtigt werden konnten.

Einige schmiegten sich fast versteckt in die Landschaft, während andere keck oder drohend auf schwer zugänglichen Felsvorsprüngen thronten, von wo aus den Spähern auf den Türmen sicher nicht einmal ein einsamer Wanderer entgangen sein dürfte.

Weil sich die Blütenteppichgedanken stark zurückhielten, grübelte Maja in Ruhe nach, wie lange es wohl gedauert haben mochte, zu Pferd oder gar auf Schusters Rappen, in solch schwindelerregende Höhe zu gelangen. Irgendwie mussten ja auch Proviant, Heizmaterial und Werkzeuge jedweder Art dahinauf gebracht werden.

Die Glas- und Betonkreationen der Neuzeit nahm sie fast gar nicht wahr, obwohl die eigentlich nicht zu übersehen gewesen wären. Nun hin und wieder ein Auto, das die steilen Wege am Hang des Gebirges erklomm oder vor einer der uralten Festen parkte.

Maja seufzte diesmal tief und innig. Hätte sie vom Schreiben leben können, dann wäre sie glatt in solch einen Adlerhorst ausgewandert.

Die Burg von Gloria von Thurn & Taxis glitt vorbei, Welfenstein, die Nachahmung einer mittelalterlichen Burg, die im 19. Jahrhundert entstand, und das Ossario di Castel Dante, welches auf den Überresten der mittelalterlichen Burg der Herren von Lizzana errichtet worden, und, wie Maja wusste, den Gefallenen des Ersten Weltkriegs gewidmet war.

Dann rückten Oleandersträucher in ihr Blickfeld und scheuchten mit ihren pastellfarbenen Blüten alle Restgedanken an eine Welt voller Sorgen zu jenen, die sich am Fuße der imaginären Mauer ganz still verhielten.

Zudem ließ die langsam untergehende Sonne die eine Seite des Tales in einem goldroten Farbenrausch explodieren, während sie die andere gleichzeitig in tiefes Schwarz tauchte. Maja genoss das grandiose Schauspiel, als gelte es nur ihr.

Kurz darauf erreichten sie das Städtchen Ala, in den Dolomiten, um im Hotel *Viennese,* gleich an der Hauptstraße, einzuchecken. Als hätte Horus seine goldenen Schwingen im Spiel, bekam Maja ein Zimmer auf der Rückseite, also mit besonders ruhiger Lage, mit Blick auf einen wundervollen Garten, auf Feigenbäume und das Gebirge, welches noch immer im Abendrot glühte.

Nach einem reichhaltigen Abendessen mit Pasta, die sie über alles liebte, entschloss sie sich, mit Gleichgesinnten einen Bummel durch die schmalen Gassen der näheren Umgebung zu machen, denn schon am nächsten Morgen sollte der Bus die letzte Etappe zum endgültigen Hotel in Andora an der Blumenriviera in Angriff nehmen.

Die riesige Palme, die sie in einem Innenhof erspähte, und hier nicht erwartet hatte, war zwar echt, stand aber ein einem gewaltigen Kübel, was Maja dann doch ein Schmunzeln entlockte. DAS war eben noch nicht DER Süden, aber ein wirklich netter Versuch, sich südliches Flair in den Garten zu holen.

Wo kann man am meisten, in kurzer Zeit, über einen kleinen Ort erfahren, ohne Fragen zu stellen? Auf dem Friedhof desselben! Also nichts wie hin und den alten Grabstätten einen stillen Besuch abstatten. Das abendliche Outfit gab es her, dabei nicht unangenehm aufzufallen.

Noch eine abschließende Runde um uralte Gemäuer, die weiß getüncht, im Mondschein leuchteten und dann auf geradem Weg zurück zum Hotel. Die anschließende Nacht fiel, gefühlt, kürzer aus als der Spaziergang, aber Maja musste ja nicht selber fahren.

Ein wundervoller Sonnenaufgang, der die Felsen in zarte Lilatöne hüllte, ließ den fehlenden Schlaf rasch vergessen sein und Maja fotografierte, bis fast die Linse glühte. Es war unbestritten schön hier.

Weniger spektakulär gestaltete sich die Weiterreise. Die, für das Auge wenig abwechslungsreiche, Po-Ebene stöhnte unter der Hitze des extrem heißen Sommers. Auch, wenn man glaubt, man sähe hier schon am Mittwoch, wer sonntags zu Besuch kommt, gibt es Orte, an denen es sich durchaus lohnt, einen zweiten Blick zu riskieren.

Allerdings hatte Maja am Ende vier bis fünf Blicke gebraucht, um die wenigen Pfützen im steinigen Flussbett als Po zu identifizieren. Vom, mit 652 Kilometern, längsten Fluss Italiens waren hier und da nur vereinzelte schmutzige Wasserlachen zu sehen. Der Po schien, im wahrsten Sinne des Wortes, im Arsch zu sein, wie Maja mit einem amüsierten Grinsen konstatierte.

Bei Cremona, der Stadt der berühmten Geigenbauer, wurde eine längere Pause eingelegt. Von hier stammten nicht nur die, im Bau der Klanginstrumente bewanderten, Familien Amati, Gesu, Guarneri und Stradivari, sondern auch der römische Feldherr Publius Quinctilius Varus.

Maja sah vor ihrem geistigen Auge römische Legionen auf ihrem Weg nach Germanien über die Ebene ziehen. Und ihr fiel der Satz ein, den Augustus nach der verlorenen Schlacht gerufen haben soll: Quintili Vare, legiones redde! Zu Deutsch: Quintilius Varus, gib die Legionen zurück!

Na ja, ein Feldherr, der sie siegreich eroberte, wäre ihr lieber gewesen.

Die Blümchengedanken, hoben die Köpfe. Doch ein gestrenger Blick, ließ sie selbige sofort wieder völlig verschüchtert einziehen. Am Ende eine römische Sklavin zu sein, war ja nun wirklich nicht das höchste, aller Gefühle. Eroberung hin oder her.

Inzwischen hatte der Bus die weite Ebene durchquert und folgte den gewundenen Straßen in die Berge, um Ligurien anzusteuern.

Buongiorno Liguria!

Nach Serpentinen und unglaublich vielen Tunneln öffnete sich der Blick zum Meer, um gleich darauf wieder in der nächsten Betonröhre unterzutauchen.

Gab es hier überhaupt auch noch etwas anderes als Straßen, die irgendwo im Berg verliefen? Maja fühlte sich nach einiger Zeit fast wie ein Maulwurf.

Noch ein Tunnel, noch eine imposante Hochstraße, dann rollte der Bus zwischen blühenden Oleandern, riesigen verschiedenfarbigen Bougainvillea-Sträuchern, Kakteen, Agaven und unzähligen Palmen Richtung Küste.

DAS war der Süden.

Auch hier, im Hotel *Liliana,* hatte Maja das Glück, eines der Zimmer auf der Rückseite zu bekommen. Zudem lag der Pool auf der gleichen Ebene, weil er in den Berg gebaut worden war und daneben öffnete sich der Blick zum Tal, welches von ebenjener imposanten Hochstraße überspannt wurde, auf der sie hierher gekommen waren.

Die perfekte Kulisse, um Erlebnisurlaub vom Feinsten zu machen.

Beim Gedanken an Erlebnis wagten es die Blümchen erneut, ihre Köpfe zu heben, und staunten, dass sie nicht zurechtgewiesen wurden. So spähten sie am Abend, während eines grandiosen Feuerwerks am Strand, auch ganz ungeniert nach Männern aus, die in Majas Beuteschema passen konnten.

Nur hatte Maja weder Beute noch Schema im Kopf. Sie schickte ihre Gedanken mit zwei Gläsern Rotwein ins Koma, wanderte zurück zum Hotel, um in einen traumlosen Schlaf zu sinken, was ihr sonst nie passierte.

Morgens erinnerte sie sich durchaus an die schrägen Gedanken des Abends, taxierte die Herren im Hotel, befand sie für uninteressant und beschloss, in Monte Carlo oder Monaco etwas genauer hinzuschauen, und sei es, um ein Eis oder einen Cappuccino spendiert zu bekommen, den sie sich gut und gerne selber hätte kaufen können. Es ging einzig und allein ums Prinzip.

Auf den Serpentinenstraßen lauschte sie den Worten der Reiseführerin, stellte fest, dass von Blumenriviera nicht viel zu sehen war, weil die Pflanzen in unzähligen Gewächshäusern an den Hängen der Berge steckten und erfreute sich lieber am Klang der Bezeichnung Côte d'Azur.

Das Meer gab sich die größte Mühe, perfekt azurblau und spiegelglatt zu erscheinen, um sämtliche angenehme Gedanken noch tiefer in Majas Hirn zu verankern.

Sie hatte einige Jahre auf Rügen, direkt am Wasser, gelebt und konnte sich ein Leben ganz ohne Meer nur schwer vorstellen. Auch ohne Berge hätte sie es wohl nicht lange ausgehalten, gab es da doch die schönsten Burgen.

Hier traf nun ein Gebirge direkt aufs Wasser und schuf jene Umgebung, in der ihre Gedanken völlig frei in jede Richtung fließen konnten. Selbst die Blumenteppichgedanken, die sich bemühten, keinen neuen Ärger zu bekommen.

Sie schafften es sogar, Maja die unzähligen Tunnel zu versüßen, indem sie ihre Aufmerksamkeit, kaum draußen, auf die wundervollsten Agaven und Palmen lenkten. Hin und wieder war sogar eine gigantische weiße Magnolienblüte mit dabei, die wohl etwas den Anschluss an ihre längst vertrockneten Geschwister verpasst hatte.

Anschluss verpasst… Maja zog einen Flunsch. Sie hatte noch nie wirklich den Anschluss verpasst. Nicht mal nach der denkwürdigen Veranstaltung in Tirol. Obwohl es auf dem Heimweg in München ziemlich haarig zuging. Der Zug begann sich bereits in Bewegung zu setzen, als man sie in einem Gewaltakt noch ins Abteil zog.

Bei Männern hatte sie den Anschluss auch nicht verpasst, sondern stets aus freien Stücken und einer reichlichen Portion Feigheit darauf verzichtet.

Die strahlendweißen Yachten auf dem märchenbuchblauen Wasser unter einem völlig wolkenlosen Himmel, der in der Farbe mit dem Meer zu konkurrieren versuchte, lenkten ihre Aufmerksamkeit auf angenehmere Dinge.

Jetzt da unten sein, in der Sonne liegen und sich nicht darum scheren, was der nächste Tag bringen mochte! Als Glücksbringer für einen großen, braungebrannten, gutaussehenden Skipper, der selbst dem stärksten Sturm trotzen konnte.

Heh, Schätzchen, hast du dich mal im Spiegel gesehen? Maja ließ die Blümchengedanken flüstern, bestrafte sie aber, indem sie sie in alte vertrocknete Disteln verwandelte.

Was waren schon ein paar Pfunde zu viel, wie Maja selbst manchmal glaubte, gegen ein Herz aus Gold und Nerven wie Drahtseile? Mit so viel Metall konnte man gar nicht leicht wie eine Feder sein.

Der Bus quälte sich eine enge Straße hinunter, hielt und entließ die neugierige Reisegruppe in den wundervollen Jardin Exotique de Monaco. Schon vor dem Eingang vergaß Maja ihren Groll gegen die Distelgedanken, die sie vor wenigen Augenblicken noch am liebsten hier ausgesetzt hätte.

Abgesehen davon, dass die kleinen Biester manchmal recht nützlich waren, geriet ihr soeben eine Agavenblüte ins Blickfeld, die es eigentlich gar nicht geben konnte.

12 Meter Höhe waren ja nun wirklich keine Seltenheit, aber diese hier schlug alle Rekorde. Maja versuchte, halbwegs sicher die Höhe zu bestim-

men, und kam locker auf 15 Meter. Eine wahrhaft fürstliche Pflanze in einem fürstlichen Garten.

Extragroß, extraschön, nur für dich, flüsterten die Distelgedanken, denn die anderen Reisenden hatten den gigantischen Stängel nicht einmal bemerkt, weil er zwischen den Ästen eines benachbarten Baumes in die Höhe geschossen war.

Sie belächelten sogar Majas Bemühungen, den Baum aus allen Positionen und möglichst komplett aufs Bild zu bekommen.

Maja hatte auch wenig Lust, sich durch andere ablenken zu lassen. Sie durchwanderte den herrlichen Garten voller blühender Kakteen und Sukkulenten lieber allein, verweilte hier, staunte da und fotografierte, was immer ihr gefiel. Dann lehnte sie am Geländer der hohen Klippe, ließ ihren Blick übers Meer schweifen und überlegte, ob man sich wirklich auf diesem Felsen dauerhaft wohlfühlen konnte. Genau genommen sinnlose Gedanken, ihr hätte eh das dafür nötige Kleingeld gefehlt. Sie hätte es sich buchstäblich anheiraten müssen.

Die Distelgedanken erschauerten.

Äh, vom Regen in die Traufe? Maja kicherte amüsiert, statt sich zu ärgern. Sie bezeichnete ihren Status inzwischen als reine Zweckehe. Gewöhnung, eingeschliffener Trott ohne nennenswerte Höhepunkte, Funktionalität zum Überleben.

Dass die Variante Goldener Käfig - reich aber abhängig – lebenswerter war, wagte sie, ernsthaft zu bezweifeln. Besonders in jenem Moment, als sie in der Kathedrale von Monaco, vor der letzten Ruhestätte der Fürstin Gracia Patricia stand.

Es war schön, einmal die engen Gassen zu durchwandern, die ehrwürdigen Paläste zu bestaunen, der Wachablösung zuzuschauen, oder in den Gärten von St. Martin zu verweilen. Aber hier leben? Maja schüttelte den Kopf.

Die nächste Etappe führte sie in den Stadtbezirk Monte Carlo. Die Spielcasinos interessierten sie nicht, eher die Formel 1 Rennstrecke und die Parks. Auf dem Weg von der Tiefgarage, wo der Bus parkte, zum Hügel mit dem Casino, das die meisten aufsuchen wollten, passierten sie eine Autowerkstatt, in der mehrere Ferraris auf Erstversorgung warteten.

Erstaunte Gesichter der Besitzer, weil Majas Aufmerksamkeit ausschließlich der Ausstattung der Werkstatt, statt ihren Flitzern galt. Woher hätten sie auch ahnen sollen, dass das jene der teuren Marken war, die Maja ganz hintanstellte.

Sie widmete den Herren einen so kurzen Blick, dass sie nicht einmal hätte sagen können, ob es junge oder alte Männer gewesen waren.

Na, Mädel, so wird das nie was, lachten die Gedanken.

Haltet die Klappe! Schon gemerkt, dass hier jeder sein eigenes Auto für die größte Touristenattraktion hält?

Von dusseligen Eingebungen unbelästigt, erreichte Maja schließlich den Park oberhalb des Centre Commercial le Metropole und setzte sich auf eine Bank, neben der eine recht ansehnliche Monstera einen Baum erklomm. Hier im Schatten ließen sich die Temperaturen von weit über 30°C besser ertragen, als zu Fuß auf dem Asphalt der Straßen.

Nach wenigen Augenblicken fanden sich ganze Schwärme von Tauben ein, die Maja regelrecht belagerten. Abgesehen von der Angst, die Hinterlassenschaften der Tiere im Flug abzubekommen, kroch sie ein gelinder Grusel an.

Beinahe ausnahmslos fehlten den Tieren an einem oder beiden Füßen die Zehen, was Maja auf die riesigen Möwen zurückführte, die sie bereits in den Gärten von St. Martin dabei beobachtet hatte, wie sie Jagd auf Spatzen machten und dortigen Tauben blitzschnell in die Füße hackten.

Der geradezu widerliche Anblick trieb Maja von ihrer Bank. Der Gedanke, sich ausgerechnet diese Tauben hier als gurrende Liebesboten vorstellen zu müssen, ekelte sie.

Dass diese bedauernswerten Geschöpfe statt auf Bäumen und Dächern, wohl nur noch auf dem Boden landen konnten, nahm sie ganz am Rande wahr.

Zumindest stand jetzt schon fest, dass für Maja ab sofort Monaco weder der Ort der Reichen und

Schönen noch der, der ganz schön Reichen sein werde, sondern jener, der verstümmelten Tauben.

Auf dem Weg zurück nach Andora wählte der Busfahrer diese der drei Straßen, die genau mittig am Hang verlief und Maja vergaß rasch den unschönen Anblick der Vögel.

Oberhalb einer malerischen Bucht manövrierte der Fahrer den Bus dicht an den Rand der Klippen, um den laufenden Verkehr nicht zu sehr zu beeinträchtigen, ließ alle aussteigen und ermöglichte ihnen wundervolle Schnappschüsse, denn inmitten winzig wirkender Yachten lag das riesige Kreuzfahrtschiff *Celebrity Equinox* vor Anker.

Maja stellte wiederholt fest, dass sie für das mondäne Vergnügen, sich auf einem Kreuzfahrtschiff herumzudrücken, wohl auch nicht geschaffen war. Dann schon lieber mit dem Flugzeug ganz schnell irgendwohin und dort intensiv die Zeit zu nutzen, Land und Leute kennenzulernen. Nur bevorzugte sie eben andere kraftvolle Wunderwerke menschlicher Technik, nämlich jene, wie den silberglänzenden Reisebus, der genau hinter ihr stand.

Mit dem Sonnenuntergang trafen sie wieder im Hotel ein, wo Maja sämtliche Speisekarten ignorierte, weil sie nun mal beschlossen hatte, sich jeden Abend an ihre geliebte Pasta in zig Varianten zu halten.

Filmreif nach Cannes

Eine reichliche Stunde vor dem Frühstück erwachte Maja mit heftigem Hungergefühl. Sie hatte sich abends noch in der Nähe der Strandpromenade ein großes Zitroneneis gekauft, ein Glas Rotwein getrunken und offenbar glaubte ihr knurrender Magen, er könne pausenlos weiterschlemmen.

Die Distelgedanken vertrugen die Völlerei wohl nicht ganz so gut. Sie hielten sich stark zurück. Sie wagten es nicht einmal, Maja daran zu erinnern, dass sie für den heutigen Tag eine Schiffstour von Cannes zur Insel Sainte-Marguerite gebucht hatte.

Die wäre um ein Haar auch noch ausgefallen, weil zwei ganz superschlaue Mitreisende ohne Pässe und Personalausweise in den Bus gestiegen waren. Obwohl man sich ja erstens sowieso im Ausland befand, und zweitens von Italien nach Frankreich wollte, wo bekanntermaßen seit Wochen Grenzkontrollen wegen der Asylproblematik durchgeführt wurden.

Nur gut, dass der Fahrer den Diensthabenden kannte und dieser das groteske Drama mitspielte, sonst wären sie rund 130 Kilometer zurück ins Hotel gefahren und das Schiff hätte schon lange, lange abgelegt, ehe sie wieder hier gewesen wären.

Und gerade an diesem Ausflug lag Maja besonders viel. Immer und überall zog es sie aufs Wasser, wenn welches vorhanden und befahrbar war. Seen, Flüsse, Meere – nichts war vor ihr sicher, sobald irgendwie ein Boot oder Schiff zu chartern war.

Selbst die Distelgedanken hatten entnervt geschnauft, als plötzlich SOS-Stimmung im Bus geherrscht hatte.

Nach Ankunft auf dem Parkplatz reichte die Zeit auch eben so, noch an Bord zu gehen. Maja fand einen Platz auf dem Oberdeck, von wo aus sie sich den Wind um die Ohren wehen lassen und erstklassige Fotos schießen konnte.

Sie spielte dabei gerade mit Sonne und Schatten, um den Kerker des Mannes mit der eisernen Maske besonders mystisch abzulichten, als die Luft plötzlich zu flimmern schien. Der Auslöser der Kamera blockierte und Maja schaute fragend auf.

Die herabgebrochenen Fels- und Mauerstücke stücke am Ufer waren verschwunden. Wobei das nicht ganz der Wahrheit entsprach. Sie hatten nur ihren ursprünglichen Platz wieder eingenommen, wie Maja völlig verblüfft feststellte.

Sie wandte sich um und erstarrte. Auch Hafen und Uferbebauung der Metropole sahen völlig verändert aus. Hatten bei der Abfahrt noch unzählige weiße supermoderne Yachten und Segelboote dort gelegen, waren es jetzt hölzerne Boote und Schiffe, denen man ansah, dass sie schon oft Wind und Wetter getrotzt hatten.

Die Segel grau und zerschlissen, Fischgeruch trieb mit dem Wind herüber. Alles, was vor dem 16. Jahrhundert erbaut worden war, hatte sich buchstäblich in Luft aufgelöst. Ein großes Segelschiff lag im Hafen.

Der Kapitän, ein hochgewachsener gutaussehender, dunkelhaariger Mann, stand am Bug und schaute direkt zu Maja herüber. Er folgte dem Ausflugsschiff mit den Augen, bis es seinen Liegeplatz erreichte.

Maja reihte sich wie eine Traumwandlerin in den Strom der Aussteigenden ein. Nicht nur ihre Gedanken fuhren Karussell, auch vor ihren Augen drehte sich alles.

„Ist Ihnen nicht gut? Kann ich Ihnen helfen?", hörte sie jemanden wie durch Watte sagen und spürte eine Hand, die ihren Arm ergriff und die sie sicher an Land brachte.

„Alles in Ordnung", murmelte Maja, sich für einen Moment an dem Fremden festhaltend.

„Scheint mir nicht so", erwiderte der mit leicht spöttischem Unterton. „In solch einer Hitze auf dem Wasser zu sein, kann schon mal zu Problemen führen."

Zuerst wollte Maja aufbegehren, besann sich aber anders. Aus seiner Stimme hatte echte Sorge geklungen. „Vielleicht haben Sie ja recht. Danke für Ihre Hilfe." Sie schaute ihm in die Augen und wollte sich eigentlich verabschieden. Eigentlich. Stattdessen rutschte ihr vor Verblüffung glatt die Tasche aus der Hand. Sie hätte schwören können, genau dieses Gesicht soeben noch an Bord des stolzen Seglers gesehen zu haben.

Der Fremde hob amüsiert lächelnd die Tasche auf, reichte sie ihr mit einer kaum merklichen Verbeugung und meinte: „Wie wäre es, wenn ich Sie auf einen Kaffee einlade, bis Sie wirklich wieder vollen Wind in die Segel nehmen können?"

Maja nickte. Der Mann bot ihr wieder den Arm. „Sie sind mit einem der Busse hier, nehme ich an", fragte er in leichtem Plauderton.

„Ja, und leider nur für einen halben Tag", erklärte Maja, endlich wieder einigermaßen klar sehend und denkend. Sie schaute auf die Uhr. „In einer Stunde muss ich schon wieder weiter."

„Genug Zeit, um ganz in Ruhe einen Kaffee zu trinken", erwiderte er, sie in eines der kleinen Restaurants direkt am Hafen führend.

Maja wählte Cappuccino und Vanilleeis. „Sie leben hier?"

„Ja und nein", gab er zur Antwort. „Es ist eher meine Wahlheimat, weil ich einfach nicht vom Meer lassen kann."

„Dann gehört Ihnen eines der Segelboote da draußen?"

Er lachte auf. „Boot ist gut… Einigen wir uns auf ein ja."

Sofort drängte sich Maja wieder das stolze Schiff auf, welches in ihrer Vision erschienen war. Dass er in jenem Moment nickte, konnte Zufall sein.

„Ich befehlige eine ganze Flotte von Fahrzeugen", fügte er schließlich hinzu.

„Bei Wasserfahrzeugen würde ich auf Admiral tippen. Bei Landfahrzeugen könnten es auch Busse sein. Wie ein Dispatcher sehen Sie aber nicht aus, eher wie der Herr über ganze Imperien", überlegte Maja laut. „Oh, tut mir leid." Sie bekam sogar einen Hauch Farbe, als sie merkte, dass sie drauf und dran war, ihn auszuhorchen.

„Geschickt im Fragenstellen, ohne dass es welche sind", stellte er grinsend fest. „Journalistin?"

Maja lachte. „Einigen wir uns auf: Ich schreibe."

„Worüber?"

„Im Augenblick bevorzugt über das Mittelalter. Hin und wieder ist das Meer dabei, Schiffe, Schätze, Abenteuer…"

„Auch erotischer Art?"

„Kommt vor. Eine romantische Liebesgeschichte ist meist erst das Salz in der Suppe."

„Gern würde ich Sie wiedersehen, obwohl ich weiß, dass vielleicht nicht nur Entfernungen, sondern Welten zwischen uns liegen", seufzte er, was Maja einen heftigen Stich im Herzen gab.

„Dann sagen wir doch ganz einfach: Auf Wiedersehen, statt Lebewohl." Sie erhob sich.

Im Bus fiel ihr siedendheiß ein, dass sie weder Visitenkarten noch Telefonnummern getauscht hatten und sie nicht einmal nach dem Namen des gutaussehenden Mannes gefragt hatte, wie er nicht nach ihrem. Womit es dann wohl doch ein Lebewohl war.

Maja kämpfte mit den Tränen. Offenbar war sie nicht nur zu feige, sondern auch zu ungeübt, ein Ziel erotischer Art ins Visier zu nehmen.

Dabei stand der nächste Aufenthalt bereits in Nizza auf dem Tagesplan. Von der Seite aus, wo der Bus hielt, kehrte der sieben Meter hohe Apollo auf dem Place Masséna Maja glatt das Hinterteil zu.

Geschieht dir recht, du blöde Kuh, dachte sie. *Hast gerade die Bekanntschaft eines Prachtexemplars von Mann gründlich vergeigt.*

Die Distelgedanken kicherten schadenfroh.

Aus Ärger über sich selber ging Maja nicht einmal näher an die Statue des griechischen Gottes heran, geschweige denn drum herum, um zu sehen, ob sie vorn hielt, was sie hinten versprach.

Ihren Kummer legte sie buchstäblich auf Eis, denn an dieser Leckerei mit Zitronengeschmack konnte sie einfach nicht vorbeigehen. Am Ende hockte sie auf der Promenade du Paillon in der Nähe des herrlichen alten Karussells und beobach-

tete das bunte Treiben, bis endlich der Bus auftauchte.

Auf der langen Fahrt zurück nach Andora
träumte Maja in jener Art vor sich hin, dass sie
zwar die Landschaft wahrnahm, aber in ihr völlig
andere Szenen in einer längst vergangenen Zeit.
Hölzerne Fischerboote zogen ihre Bahnen und
weit am Horizont blähten sich die hellen Segel
einer erfolgreich heimkehrenden Handelsflotte in
der Sonne.

Erst mit Erreichen des Hotels kam auch Maja
wieder in die Realität zurück, die sie sich zum
Abendbrot wieder mit Pasta versüßte, und ihrem
Gute-Nacht-Eis von der Strandpromenade.

Donner und Doria

Auf San Remo, das als nächster Anlaufpunkt im Programm stand, freute sich Maja aus vielerlei Gründen. Nicht ganz unbedeutend war, was der witzige Film *Schussfahrt nach San Remo* an Erinnerungen hinterlassen hatte. Denn, *wo* der pedantische Gerichtsvollzieher *Mulot auftaucht, findet selbst der Teufel kein Loch.*

Auf der Via Aurelia, jener Römerstraße, die der Censor Gaius Aurelius Cotta im Jahr 241 vor Christus in Auftrag gegeben hatte, strebten sie dem Ziel entgegen.

Die Altvorderen hatten es ganz einfach drauf gehabt. Ihre Bauwerke überdauerten die Zeiten, wenn sie nicht gerade Kriegen oder blindwütigem Abrisswahn der Neuzeitlichen zum Opfer fielen.

Der Schiefe Turm von Pisa hielt sich tapfer über die Jahrhunderte, während heute schon ein Windhauch genügte, ganze Häuser einstürzen zu lassen, wenn nur ein einziger Ziegel außer Lot war.

Mit Geld und Macht stampften die Ur-Alten in Rekordzeit Rekordbauten aus dem Boden. Heute hieß es eher: Macht nichts, wenn man kein Geld hat.

Dass bei all diesen Überlegungen kurzzeitig das Bild des Berliner Pannenflughafens vor ihrem geistigen Auge aufblitzte, ließ Maja beinahe hämisch grinsen.

Jemand, den sie sehr verehrte, und der es wissen musste, weil er in diesen Welten lebte, hatte erst neulich den alten Spruch zu ihr gesagt: *Eigentlich geht es immer nur um Macht, Geld und Sex.*

An dieser Stelle wurden die Distelgedanken neugierig…

Die weiteren Worte der italienischen Reiseführerin holten Maja übergangslos ins Jetzt und Heute zurück. Endlich bekam sie die Erklärung für die vielen abgestorbenen Palmen, die sie allerorten bemerkt hatte. Der Palmenkäfer war's gewesen!

Auch, wenn diese imposanten Gewächse ursprünglich nicht hier beheimatet gewesen waren, so wäre es doch ein herber Verlust, auf sie verzichten zu müssen. Sie prägten die Landschaft. Maja konnte sich die Côte d'Azur ohne Palmen einfach nicht vorstellen. Bei jedem Besuch im Süden schaute sie unterwegs nach den allerersten Palmen aus, die sie stets mit einem zufriedenen Lächeln begrüßte.

Der Busparkplatz, gleich am Meer, war reichlich mit diesen Gewächsen bestückt und so speicherte Maja schon hier Bild um Bild, genau wie mehrere Verkehrsschilder, auf denen San Remo zu lesen stand.

Der Ort selber übertraf alle Erwartungen, die Maja an ihn geknüpft hatte. Sie durchwanderte enge Gässchen mit uralten Häusern, die sich gleichsam darüber beugten, wie neugierige Späher, staunte über Plätze, Kirchen und Märkte und kam sich am Ende vor wie eine Japanerin, die mehr die Kamera am Auge, als in der Tasche trug.

Über eine Flaniermeile mit besonders teuren Geschäften schlenderte sie schließlich zurück zum Parkplatz, um ihre gesammelten Eindrücke mit den anderen zu teilen.

Bis die Letzten, aus der Gruppe, eintrafen, stützte sich Maja auf einen der großen rohen Steinblöcke am Rande der Steilküste und schaute aufs Meer hinaus. Während sie noch überlegte, ob es eine Möglichkeit gäbe, direkt zum Wasser hinunter zu klettern, tauchte etwas am Horizont auf, das ihre Aufmerksamkeit fesselte.

Es war etwas Großes, Dunkles, hob sich deutlich von den meist weißen Wasserfahrzeugen der Hobbysegler ab und konnte ja wohl nur ein Schiff sein. Weil sie es nicht genau zu erkennen vermochte, zoomte sie den Ausschnitt kurzerhand mit der Kamera auf und hätte diese beinahe fallen lassen – da draußen zog der stolze Segler seine Bahn, den sie in Cannes gesehen zu haben meinte.

Rasch drückte sie den Auslöser, und, damit sie das Bild wirklich sicher im Kasten habe, gleich noch zweimal. Dann rief sie die Bilder auf, um die Qualität der Aufnahmen zu begutachten ... Sie sah nur azurblaues Wasser, welches am Horizont in einen genauso azurblauen Himmel überging.

„Und? Geworden?", fragte jemand hinter ihr.

Maja schüttelte, ohne sich umzudrehen, den Kopf. „Hab's verzittert."

„Was war es denn?"

„Keine Ahnung. Entweder war es zu schnell oder eine Fata Morgana", erwiderte Maja, die kleine Kompaktkamera zurück in die Handtasche steckend.

Die wohlige Aufregung, in Erinnerung an den Fremden aus Cannes, ging niemanden etwas an. *Ich sehe dich wieder, und sei es nur ein meinen Träumen,* dachte sie lächelnd.

Dass keiner der anderen etwas bemerkt hatte, wunderte sie nicht. Sie musste sie ja in der Stadt fast mit der Nase auf die wundervollsten Dinge stoßen, die ihr geradenwegs zuströmten.

Auf dem Rückweg wurde spontan beschlossen, weil noch reichlich Zeit bis zum Abendbrot war, einen Abstecher nach Grasse, in die, direkt am Weg liegende, Parfümerie *Fragonard* zu machen.

Die meisten Herren hatten gleich den Ferrari im Auge, den man sich gegen ein Bündel Bares für eine Spritztour ausleihen konnte. Die Damen eilten hingegen zielstrebig auf den Eingang zu, als könnten sie etwas verpassen.

Maja schüttelte sowohl über die einen als auch die anderen den Kopf. Sie fühlte sich wie samstagmorgens, wenn alle, ihre Einkaufswagen fest im Griff, schon zehn Minuten vor Ladenöffnung darauf warteten, dass sie endlich im Laufschritt durch die Regalreihen stürzen konnten.

Hier wie dort hielt sie sich im Hintergrund, wohl wissend, dass immer genug für alle, und besonders für sie da war.

Maja kaufte stets nur, was sie wirklich brauchte, oder aus Überzeugung haben wollte. Und das war meist nicht viel. Mit ihrer handfesten Duftstoffallergie werde sie sich hier ganz bestimmt in allen Punkten sehr zurückhalten.

Das Ende vom Lied: Sie durchquerte nach der Führung sofort den Verkaufsraum und nahm als Andenken nur das Probefläschchen mit dem Eau de toilette der Saison Jasmin mit nach Hause. Sie mochte den Duft, nur vertrug sie ihn nicht.

Also stand das Fläschchen später als schöne Erinnerung in seiner orangefarbenen Klappkarte zwischen Heften und Papieren auf ihrem Regal direkt überm Schreibtisch.

Nach der üblichen abendlichen Pasta- und Eisorgie, fiel Maja wie ein Stein ins Bett. Sie wunderte sich beim Aufwachen nur täglich, dass sie hier niemals träumte. Aber andererseits prasselten fast zehn Stunden lang neue Eindrücke wie Hammerschläge auf sie ein. Irgendwann musste wohl auch ein Dichterhirn seine absolute Ruhe haben, um neue Geschichten ausbrüten zu können.

Der Morgen sah eine quietschvergnügte Maja auf dem Balkon stehen, das Treiben im Tal und gleichzeitig den Verkehr auf der Hochstraße beobachtend. Heute sollte es eine Tour ins Nerviatal geben, an welchem sie nun schon ein paar Mal vorbeigefahren waren.

Maja hatte in einem wundervollen Kinderbuch einer befreundeten Autorin so viel über Ligurien gelesen, dass sie jedes Mal völlig aus dem Häuschen geriet, wenn sie dort beschriebene Dinge plötzlich vor die Augen bekam.

Gestern erst hatte sie einen Ape, ein kleines dreirädriges Lastauto, gesehen und sogar fotografiert. Heute sollte sie eine uralte Ölmühle besuchen und dort verschiedene Häppchen aus der Region testen.

Maja liebte es, italienisch zu essen, egal, ob Pizza oder Pasta. Zu *focaccia*, würzigen, oft mit Käse gefüllten, gebackenen Fladen, sagte sie erst recht nicht nein.

So saß sie dann unglaublich aufgeregt im Bus und sog mit Blicken die Schönheiten des Nerviatals ein, als müsse sie sich für die nächsten Jahre davon ernähren. Sie hatte sich bewusst nicht näher vorinformiert, war auf einiges gefasst gewesen und stellte erfreut fest, dass ihre Erwartungen weit übertroffen wurden.

Sie klebte fast an der Scheibe des Busses, als sie Dolceacqua durchfuhren und sie die Ruine des Castello dei Doria auf der Bergspitze gewahrte.

„Hier rasten wir auf der Rückfahrt. Unser Mittagessen wartet in Isolabona", sagte die Reisebegleiterin soeben und Maja atmete auf. Nur das ungewöhnliche Herzklopfen blieb.

Ein Stück weiter flussaufwärts erreichten sie Isolabona, dessen mittelalterliche Häuser das Flussbett der Nervia einrahmten, von der jetzt nur schmale Rinnsale übrig waren. Wochenlange Temperaturen von 30 Grad Celsius und mehr, hatten das Wasser bis auf kümmerliche Restpfützen verdunsten lassen.

Die Ölmühle lag auf dem anderen Ufer, zu dem eine uralte steinerne Brücke führte. Maja setzte ganz bewusst einen Fuß vor den anderen. Irgendwie schien sie genau in dieses Mittelalter zu gehören. Es war, wie nach Hause kommen. Ihre Fingerspitzen glitten sacht über den rauen Stein des Geländers.

Willkommen, flüsterten die Distelgedanken, mit verschwörerischem Unterton. *Erinnerst du dich?*

Verträumt lächelnd blieb Maja mitten auf der Brücke stehen und ließ die Bilder wirken. Ja, sie erinnerte sich tatsächlich. Zuerst an jene Stimme, mit der die Disteln soeben gesprochen hatten. Fast zugleich aber auch an Hohenfreyberg, die Burg aus dem frühen 14. Jahrhundert, mit der sie ein dunkles Geheimnis aus längst vergessener Zeit untrennbar verband.

Maja seufzte und widmete sich dem Anblick des Flussbettes, welches sie völlig gefangen nahm. Selbst ausgetrocknet hatte die Nervia etwas Malerisch-Majestätisches. Vor lauter Rührung stiegen Maja Tränen in die Augen, die sie verstohlen wegwischte. Dann schritt sie beinahe hieratisch durch die verwinkelten Gässchen über holpriges Pflaster, vorbei an einem Brunnen aus behauenem Stein, hinunter zur Ölmühle.

Die Distelgedanken gaukelten umher wie kleine Schmetterlinge und Maja konnte gar nicht anders, als ihnen, zur eigenen Stimmung passend, die Gestalt der farbenfrohen Tiere zu verleihen.

Ganze Schwärme zartbunter Falter flogen auf und verdeckten alles, was von der imaginären Mauer auch nur zu erahnen sein konnte.

Maja ließ ihnen ihren Spaß. Mochten sie sich inzwischen genau so laben, wie sie es an den vielen Köstlichkeiten auf dem Tisch tat. Der wohlschmeckende weiße und rote Wein stimmte Maja zudem besonders milde, was die umherhuschenden Gedankenschmetterlinge schon vorhergesehen hatten.

In freudiger Erwartung auf Dolceacqua stieg Maja nach fast zwei Stunden wieder in den Bus.

Genau gegenüber der wundervollen Brücke Vecchio di Dolceacqua, die die Nervia unterhalb des Doria-Schlosses überspannt, hielt das Fahrzeug.

Claude Monet hatte 1884 das berühmte Gemälde *Die Burg von Dolceacqua* geschaffen, das jenen eleganten Brückenbogen im Vordergrund zeigt und den er, wie Maja von der Reiseleiterin noch erfuhr, als *Juwel der Leichtigkeit* bezeichnete.

Bei diesen letzten Worten schwebten Majas Schmetterlingsgedanken besonders majestätisch, um zu verdeutlichen, genau solche Juwelen sein zu können, wenn Maja es nur wollte, wobei sie die Richtung zu den Resten des Schlosses einschlugen.

Maja konnte und wollte ihnen gar nicht so schnell folgen, wie sie flogen. Sie spazierte gemütlich zur Brücke hinüber, freute sich, dass hier sogar noch Wasser im Fluss zu sehen war und hin und wieder erstaunlich große Forellen auftauchten, die darin letzte Rettung vom Tod durch Austrocknung gefunden hatten.

Gedankenversunken lehnte sie am Geländer, freute sich über Fische und funkelnde Sonnenreflexe auf dem Wasser, als jemand über ihre Schulter schaute, obwohl die Brücke lang genug gewesen wäre, sich einen anderen Platz zu suchen.

Maja drehte sich unwillig um. Wenn sie eines nicht ausstehen konnte, dann das, wenn man ihr zu dicht auf die Pelle rückte, wenn ringsum alles frei war.

45

Überrascht stellte sie fest, dass sie völlig allein auf der Brücke und die Gruppe schon ein paar Meter weitergezogen war. Aus einer Eingebung heraus wandte sie sich wieder dem Fluss zu und gewahrte erneut das Gesicht, welches sich rechts schräg hinter ihrem spiegelte.

Durch Windriffel leicht verzerrt, bemerkte sie, dass der Fremde einen Helm auf dem Kopf trug, welcher hell in der Sonne glänzte und die Reflexe im Wasser von diesem stammten.

Da ertönte Pferdegetrappel, das Bild im Fluss verblasste. Maja wirbelte herum. Was ihr vor die Augen kam, war alles andere als ein Ross mit Reiter. Auf einem altersschwachen Moped knatterte ein junger Mann vorüber, dessen Sturzhelm wie poliertes Silber strahlte.

Maja musste lachen und rannte nun endlich der Reisegruppe hinterher, die sich anschickte, in die Gassen der uralten Gemäuer unter der Schlossruine einzutauchen.

Die unwirkliche Welt, der äußerst schmalen überbauten Durchgänge zwischen unglaublich alten Häusern schlug sie sofort in ihren Bann. Auf dem Boden einer Art winzigem Lichthof entdeckte sie die vereinten Wappen der Doria und Grimaldi. In der linken Hälfte der schwarze Adler der Doria und in der rechten die roten und weißen Rhomben der Grimaldi.

Obwohl ihr dieser Fakt bisher nicht bekannt gewesen war, wunderte sie sich nicht, welche Allianzen die Geschichte der Menschheit schon gesehen hatte.

Ein paar Meter weiter hatte sie das 21. Jahrhundert schon fast vergessen, selbst, wenn winzige wundervolle Läden ihren Weg säumten.

An jenem aufsteigenden Pfad, der zur Schlossruine führen sollte, blieb sie lauschend stehen. Ein Geräusch, welches sie nicht erwartet hatte, das aber perfekt in jene Zeit passte, in der die Häuser entstanden waren, erregte ihre Aufmerksamkeit – der Klang von schweren Schritten und das Klappern von Rüstungsteilen eines Plattenharnischs.

Da trat der Geharnischte auch schon aus dem Licht vor den Gemäuern in das düstere Halbdunkel zwischen diesen.

„Ihr kommt spät", sprach er Maja an.

„Wie?", hauchte die völlig verdattert. „Ihr verwechselt mich sicher, mein Herr", fügte sie dann, ebenfalls in der Ehrenform, hinzu, als unterhielte sie sich mit jedem so.

Er nahm den Helm ab. „Mitnichten, meine Teuerste."

Maja musste sich an der Wand abstützen, so weich wurden ihre Knie mit einem Mal. Vor ihr stand, mit einem zu Herzen gehenden Lächeln, der Fremde aus Cannes.

Mit den Worten: „Ich werde Euch sicher ins Schloss geleiten", bot er ihr seinen Arm an.

Maja ließ sich, ohne zu Zögern, den Weg hinauf führen. Als sie ins Freie traten, blieb der Ritter einen Augenblick stehen, taxierte Majas hautenge Jeans und das Sonnentop.

„Eure Verkleidung steht Euch ausgezeichnet zu Gesicht. War es sehr schwierig, unbemerkt zu mir zu kommen?"

„Ich … ich bin etwas durcheinander", flüsterte Maja, ihn genau so betrachtend, wie er sie. „Seid nachsichtig, wenn ich Euren Worten nicht recht folgen kann."

„Dann habt Ihr vergessen, dass ich Euch meine Dienste anbot?"

„N … nein." Maja schloss einen Moment die Augen. Sie konnte sich beim besten Willen nicht erinnern, wollte das aber auch keinesfalls zugeben, um ihn nicht vor den Kopf zu stoßen. Sie wusste nicht einmal, mit wem sie es überhaupt zu tun hatte und schon gar nicht, wann sie mit ihm über Dienste irgendwelcher Art gesprochen haben sollte.

Er zog sie an sich. „Ihr müsst Euch nicht erklären. Dass Ihr hier seid, sagt mir doch, dass Ihr es akzeptiert, dass ich im Dienst einer anderen Dame stehe und Euch nur unter vielen Gefahren hierher holen kann. So, wie ich es akzeptiere, dass Euch

Euer Gemahl dem Henker übergeben würde, erführe er von unseren Treffen."

„Treffend ausgedrückt", seufzte Maja, sich in seine Arme schmiegend. Sie fühlte ganz tief in sich, dass es einfach so sein musste, wie es im Augenblick war. Seine Gegenwart wirkte wohltuend und beruhigend. Zudem schien er, woher auch immer, mehr über sie zu wissen, als sie über ihn.

Der Ritter erwiderte die innige Umarmung, wobei die Haut an Majas nacktem Oberarm zwischen die Platten der Armschienen geriet. Mit einem unterdrückten Stöhnen versuchte sie, ihren Arm in eine andere Position zu bringen.

Beunruhigt ließ er sie los. Ein kurzer Blick auf den, sich sofort abzeichnenden schmalen schwarzblauen Bluterguss, eine angedeutete und doch sehr ehrerbietige Verbeugung. „Ich hoffe inständig, dass Ihr mir verzeihen könnt. Es lag mir fern, Euch zu verletzen."

„Es ist meine Schuld", versuchte Maja zu erklären. „Ich hätte damit rechnen müssen, so kriegstauglich, wie Ihr gerüstet seid."

Er zog seinen Kettenhandschuh aus, um sie unbeschadet weiterführen zu können. Hinter der nächsten Wegbiegung öffnete sich der Blick auf das imposante Schloss. Zwei Wachen standen vor dem Portal, Maja genauso interessiert musternd, wie wenige Minuten vorher der Ritter, dessen Namen sie noch immer nicht kannte.

Er zog die schwere Tür auf. Knappen eilten herbei, um ihrem Herrn noch in der Halle Waffen und Rüstung abzunehmen.

„Wollt Ihr denn Euern Dolch nicht behalten?", fragte einer der beiden, als der Ritter keine Anstalten machte, sich die Lederscheide wieder umzuschnallen.

Ein Entschiedenes: „Nein, mir droht keine Gefahr", war die Antwort, dann dirigierte er Maja zu einer Wendeltreppe, welche direkt zu einem Zimmer in einem der beiden eckigen Türme führte. Als sie eingetreten waren, verriegelte er sofort die Tür.

Maja schaute sich um. Den größten Teil des Raumes nahm ein Bett ein und ihr wurde schlagartig klar, wie der unerwartete Besuch in der Burg wohl enden werde. Es erschreckte sie keinesfalls, nur konnte sie noch immer nicht nachvollziehen, was mit ihr wirklich geschah.

Woher wusste der Herr der Burg, dass sie heute hier erscheinen werde? Sie war sich ganz sicher, in Cannes nicht darüber gesprochen zu haben. Zudem hätte es jenes Zimmer, sowie das ganze Schloss in ihrer Zeit nur noch als Ruine geben dürfen. Schließlich war es bereits 1746 zerstört und von den Doria als unbewohnbar aufgegeben worden.

Ihr geheimnisvoller Gastgeber zog sie auf seinen Schoss.

„Wollt Ihr mir nicht endlich Euern Namen verraten?", bat sie leise.

Er hob ihr Kinn an, bis er ihr direkt in die Augen schauen konnte. „Tut der wirklich etwas zur Sache? Man nennt mich Oberto."

Maja zuckte zusammen. „Ihr seid Oberto Doria, der Admiral?"

Zwar nickte er, erwiderte aber blinzelnd: „Seht in mir, wen immer Ihr wollt. Lasst Euch in meinen Armen treiben, wie in den Wellen des Meeres…"

Mit einem besitzergreifenden Kuss erstickte er alle weiteren Fragen. Gleichzeitig begann er, ihr die Kleidung abzustreifen. Beim ungewohnten Kampf mit dem Reißverschluss der Jeans murmelte er: „Und da sagt man, einen Harnisch abzulegen, sei kompliziert."

Mit Haken und Ösen schien er sich schneller zu arrangieren, denn ihr BH landete rasch in hohem Bogen auf einem Hocker neben dem Bett, wo auch schon die anderen Kleiderstücke mehr oder weniger verstreut lagen.

Dann spürte sie auch schon seine Lippen über ihre heiße Haut wandern.

Ein siegreicher Feldherr, ganz gleich mit welchen Waffen er kämpft, flüsterten die Schmetterlingsgedanken und sammelten sich in Maja Bauch, die das ner-

vöse Geflatter der kleinen Biester nur zu gut verstehen konnte.

Sie ergab sich schon beim ersten Angriff und
erfüllte alle Forderungen des Eroberers, der seinen
Sieg sanft und mit allen Sinnen auskostete. Seine

Fingerspitzen glitten über ihre Brüste, dann tiefer und tiefer, huschten zwischen ihre Schenkel…

Maja stöhnte lustvoll. Hin und wieder blitzte der Gedanke auf, dass es für die überlieferten Gepflogenheiten des 13. Jahrhunderts viel zu sinnlich zuging. Andererseits, wer Geld und Macht hatte, konnte sich das Liebesleben schon immer nach seinen Vorstellungen gestalten. Und nur wenige hatten mehr von beidem, als Admiral Oberto Doria.

Zudem war er auch von der Natur bei allem bevorzugt worden. Obwohl schon im fortgeschrittenen Alter, sah er umwerfend aus, war groß, stattlich und konnte mit seinem Stehvermögen manch Jüngeren vor Neid glatt erblassen lassen.

Mitten in einem Orgasmus, der Maja fast die Sinne raubte, klopfte es laut und fordernd an die Tür. „Herr, Signora Gioachina naht!"

„Accidenti! Ma non riposate mai?!" (Verdammt! Hat man niemals Ruhe?!)

Oberto schäumte zwar vor Wut, besaß aber die Kaltblütigkeit, zwischen Majas Schenkeln zu verweilen, bis sie wieder zu Atem gekommen war.

Er musste nichts erklären, sie hatte an seiner Reaktion den Inhalt der Botschaft auch so begriffen. Mit fliegenden Händen kleideten sie sich an, eilten gemeinsam die Treppe hinunter und durch die große Halle.

„Auf Wiedersehen, nicht Lebwohl", raunte er ihr ins Ohr, küsste sie zum Abschied, dann öffnete er das Portal.

Maja schlüpfte hinaus und rannte wie gehetzt denselben Weg zurück, auf dem er sie hierher geführt hatte. Sie blieb erst stehen, als sie ins Halbdunkel der Häuserschlucht eintauchte.

Schwer atmend lehnte sie sich an die kühle Wand, in banger Erwartung dem Reitertrupp der Signora Gioachina zu begegnen.

„Geht es Ihnen nicht gut?", fragte da auch schon eine Frauenstimme und Maja kreiselte herum.

Sie blies die angehaltene Luft aus. Vor ihr stand die Reiseleiterin, die soeben mit zwei anderen Damen aus einem kleinen Lädchen kommend, den Weg zur Kirche des Ortes eingeschlagen hatte.

„Alles bestens. Ich war nur oben an der Ruine und habe mich abgehetzt, nicht zu spät am Bus zu sein. Schön, dass ich nun noch mit in die Kirche gehen kann."

Den merkwürdigen Blick, welchen sie erhielt, würde sie wohl nie wieder vergessen, denn den Weg zu den Resten des Schlosses und wieder zurück, hätte sie nicht in den gerade vergangenen fünf Minuten schaffen können, seit sie sich von den anderen getrennt hatte.

Da zeigte die Reiseleiterin auch schon auf Majas Arm. „Um Gottes willen! Wo haben Sie sich denn verletzt? Ist wirklich alles in Ordnung?"

Maja verkniff sich sämtliche Kommentare und nickte nur. Ein Sonnenstich wäre bei der gerade herrschenden Hitze wohl das Harmloseste, was man ihr andichten würde, hätte sie jetzt glaubhaft versichern wollen, woran sie sich eingeklemmt hatte.

So betrachtete sie den tiefdunklen Strich auf ihrer Haut mit einem fast zärtlichen Lächeln. Für sie der sichtbare Beweis, dass sie wohl doch nicht nur geträumt hatte.

Arrivederci, amore mio, dachte sie, als sie den anderen langsam über das holprige Pflaster der Wege folgte. Inzwischen glaubte sie fest daran, ihn irgendwie und irgendwo wiederzutreffen, in welcher Zeit auch immer.

Sie rekapitulierte, was sie über ihn wusste: Er hatte mehrere sehr erfolgreiche Feldzüge unternommen, zwei Seekriege gegen Venedig geführt und schließlich die genuesische Seemacht zur führenden seiner Zeit gemacht. Zusammen mit den Spinola beherrschte er uneingeschränkt sogar den Staat.

Die Burg auf dem Berg über Dolceacqua hatte er im Jahr 1270 gekauft und als Bollwerk gegen französische Überfalle ausgebaut. 1230, so hieß es, sollte er geboren, 1295 gestorben sein. Einige Quellen gaben 1306 als Todesjahr an.

Anfang des 18. Jahrhunderts war die Burg unter die Herrschaft Savoyens gekommen und wurde während des österreichischen Erbfolgekrieges an einem Julitag im Jahr 1746 zerstört. Zwei Jahre später gingen die Mauerreste, völlig unbewohnbar, wieder in den Besitz der Doria.

Maja schaute noch einmal zurück zur Ruine, von der nur sie allein wusste, wie imposant die Burg in ihrer Blütezeit ausgesehen hatte, wie grandios es wirkte, wenn die Banner mit dem schwarzen Adler im Wind wehten.

Maja runzelte die Stirn. Das österreichische Wappen trug doch auch einen schwarzen Adler…

Die Schmetterlingsgedanken begannen amüsiert zu kichern und Maja steckte ihnen innerlich die Zunge heraus. Dass noch andere einen schwarzen Adler im Wappen trugen, wusste sie auch allein. Nur hatten diese nicht genau denselben Bezug zum Ganzen.

Sant' Antonio Abate, die Pfarrkirche zu Füßen des wundervollen Ortsteiles Terra, stammte aus dem 14. Jahrhundert. Reich mit Stuck- und Goldarbeiten geschmückt und mit kristallgeschmückten Kronenleuchtern ausgestattet, bildete sie einen krassen Gegensatz zu den verwinkelten, malerischen Gässchen des Terra. Maja wandelte mehrmals durch die Gänge und fotografierte winzige Details, die sie besonders ansprachen.

Stromabwärts der Nervia schlenderte sie schließlich zum Busparkplatz, ganz in der Nähe des Friedhofes.

Wehmütig verabschiedete sie sich von hier aus von der Burgruine und deren geheimnisumwobenem Herrn aus dem 13. Jahrhundert.

Für den nächsten Tag war ja auch schon der Abschied von Ligurien vorgesehen, doch Maja wäre am liebsten für immer hiergeblieben. Nicht nur, um vielleicht doch noch einmal Oberto wiedersehen zu können.

Sogar die Schmetterlingsgedanken hockten traurig herum und sahen grau aus, als habe man ihnen den schillernden Flügelstaub gestohlen. Der kleine Rollkoffer schien plötzlich Tonnen zu wiegen, als wolle er es verhindern, aus dem Hotel gebracht zu werden.

Maja warf den riesigen Opuntien, Agaven und Palmen noch einen letzten Blick zu, ehe der Bus auf die Hauptstraße einbog, um sich irgendwann in den dichten Verkehr auf Hochstraßen und Tunnels einzufädeln.

Arrivederci, Liguria!

Ave, Gaius Iulius

Durch die Po-Ebene ging es unweigerlich heimatlichen Gefilden entgegen. Nur eine kurze Galgenfrist, noch eine Übernachtung in Ala, dann würde der graue Alltag wieder Besitz von Maja ergreifen.

So saß sie nun im Bus, schaute über das weite flache Land und träumte mit offenen Augen von ihrem brandheißen Date. Ein Bündel aufgewühlter Gefühle irgendwo zwischen Ligurien, dem Piemont und der Lombardei. Zumindest bekam sie mit, wie sie den 45. Breitengrad überquerten, dessen Ankündigung weithin sichtbar an einer Brücke prangte. Nur für ein Foto war der Winkel recht ungünstig, wie Maja mit einigem Bedauern feststellte.

Inzwischen begann die Reiseleiterin über das nächste Reiseziel, den Gardasee, zu erzählen. Bei dem Hinweis, dass es in Sirmione das beste Eis der ganzen Welt gebe, war Maja schlagartig Ohr. So entging ihr auch nicht, dass man auf dem Parkplatz in der Nähe der Scaligerburg Rast machen werde.

Schon die Erwähnung des Wortes Burg, ließ gleich wieder ganze Wolken zarter Schmetterlinge ins Majas Bauch flattern. Diese setzten sich auch nicht nieder, obwohl noch einige Kilometer Wegstrecke vor ihnen lagen. Ein Zustand freudiger Erwartung, den sich Maja nicht erklären konnte.

Und das richtige Leben wartete wieder mit jenen Hürden auf, die Autofahrer nur zu gut kennen – man brauchte am Ende über eine Stunde, um die allerletzten Meter zum Parkplatz zurückzulegen. Schritttempo wäre ja noch erträglich gewesen, aber eine PKW-Länge aller zehn Minuten, war dann doch etwas nervenaufreibend und nicht nur für den Fahrer.

Kaum hielt der Bus in der Parklücke, stellte die Reiseleiterin lauthals fest, dass ihr Fahrer den Längsten habe. Gelächter von allen Plätzen. Ein kurzer Blick, ein heiteres Grinsen, dann hatte Maja dasselbe erfasst. Ihr Bus ragte tatsächlich mehr als 30 Zentimeter zwischen den anderen heraus, obwohl er mit dem Heck in gerade Linie zu ihnen stand.

Bester Laune verließen alle ihren Großen, um sich individuell in Sirmione zu verteilen. Die einen charterten ein Boot, um sich auf dem Wasser zu vergnügen, die anderen besuchten die Grotten des Catull, römische Ruinen aus der Kaiserzeit.

Dass die angebliche Villa des Catull, dem römischen Liebesdichter wirklich zugerechnet werden konnte, bezweifelte Maja und schien damit nicht ganz allein zu sein.

Da sie sowieso mit ganzem Herzen an allem hing, was auch nur entfernt einer Burg ähnelte, schlug sie eigene Wege ein.

Zuerst holte sie sich ein großes Zitroneneis, das dem guten Ruf, welcher ihm vorauseilte, voll und ganz gerecht wurde, dann schlenderte sie gemütlich um die Scaligerburg. Bild für Bild füllte den Speicherchip der Kamera und Maja war selig. Seltsam nur, dass irgendetwas sie abhielt, das Innere der Burg zu betreten, wo sie doch sonst schneller über solch eine Schwelle huschte, als andere bis drei zählen konnten.

Vielleicht war es ja die Tatsache, dass dieses Wunderwerk der Baukunst ausschließlich kriegerischen Zwecken gedient hatte, damit wenig romantisches Potenzial hatte und nicht zu dem passte, was sie an Burgen über alles mochte und gern in ihren Büchern beschrieb.

Nach der zweiten kompletten Runde um das eindeutig imposante Bauwerk, das aus dem aus dem 13. Jahrhundert stammte, und welches auf den Resten römischer Mauern erbaut worden war, wurde sie das Gefühl nicht los, intensiv beobachtet zu werden.

Sie schaute sich immer wieder auffällig um. Schließlich fragte sogar jemand besorgt, ob sie sich verlaufen habe, was Maja mit einem Schmunzeln verneinte.

Wo steckst du, dachte sie, ohne auf Antwort zu hoffen. Im nächsten Augenblick zuckte sie zurück, denn ein Sperling wäre ihr fast ins Gesicht geflogen. Der kleine Kerl kam wir ein Irrwisch um eine Hausecke geschossen, hätte fast die Kurve nicht mehr bekommen, um ihr auszuweichen.

Verblüfft, erschreckt und überaus amüsiert schaute ihm Maja hinterher. Dabei rückte etwas in ihr Blickfeld, das groß, rund, weiß und von hier aus nicht genau zu erkennen war. Neugierig lief sie geradenwegs darauf zu.

Eine steinerne Sonnenblume? Ehe sie noch weiter über die Skulptur nachdenken konnte, fiel ihr die Büste des Gaius Valerius Catullus ins Auge. Maja blieb abrupt stehen. Der bronzene Catull schien sie direkt anzuschauen. Eigentlich ein Ding der Unmöglichkeit.

Ein heftiges Stechen hinter ihrer Stirn zwang sie, für einen Moment die Augen zu schließen. Sie war wohl schon zu lange in der prallen Sonne unterwegs gewesen…

Recht schnell fing sie sich wieder. Nur musste sie mehrmals blinzeln, ehe sie begriff, dass sie die Lider bereits geöffnet hatte. Das Stimmengewirr um sie herum war geblieben, hörte sich nur völlig anders an.

Vor ihr stand, in eine besonders edel verzierte weiße römische Toga gewandet und liebevoll lächelnd, der Fremde und doch so Vertraute aus Cannes.

„Ich bin überrascht, dich zu sehen. Ich habe dich erst später erwartet. Darf ich dich in das Haus eines Freundes einladen? Es sind nur wenige Schritte zu gehen“, sagte er hoch erfreut und zuvorkommend die Richtung andeutend.

Maja nickte wie in Trance. Mit allem hätte sie hier gerechnet, nur nicht mit ihm. Die Schmetterlingsgedanken bewegten nervös ihre Flügelchen und Maja atmete tief durch. Sie fühlte schon jetzt seine Hände über ihre Haut gleiten.

„Du bist wenig mitteilsam“, stellte er fest, sie von der Seite musternd. „Gab es Probleme? Dein Gatte hat doch hoffentlich nichts bemerkt?!“

„N … nein“, murmelte Maja. Sie war viel zu durcheinander. Wie kam er hierher und warum trug er plötzlich eine Toga? Sie begriff nicht einmal, dass, statt moderner Häuser, altrömische Bauwerke den gut gepflasterten Weg säumten. Wie konnte er ihre Gedanken lesen? „Wer bist du wirklich?“, fragte sie, ihm in die Augen schauend.

„Ave, Gaius Iulius!“, ertönte da eine Stimme hinter ihnen. „Hodie non solum?“

Maja übersetzte das im Stillen mit: *Sei gegrüßt, Gaius Iulius. Heute nicht allein?* Obwohl sie ziemlich sicher war, sich gründlich verhört zu haben.

Dem schnellen lateinischen Wortwechsel der beiden Männer konnte sie sowieso nicht folgen.

Sie stand daneben, lächelte unverbindlich, wenn ihr Name fiel oder sie angeschaut wurde, und war froh, als sie endlich eines der hübschen Häuser direkt am Ufer betraten, vor dessen Tür zwei Wachen standen.

Das cave canem (Vorsicht vor dem Hund) auf dem Mosaik vor dem Eingang nahm sie keinesfalls wörtlich. Schon damals liebte man es, zu bluffen. Umso mehr staunte sie, als ihr Gastgeber erklärte, dass der Hausherr durchaus einen recht großen Hund besitze. Nur sei der eben als Begleiter seiner Herrschaften mit auf Reisen.

Mehrere Dienerinnen eilten herbei, kredenzten Wein, trugen Schalen mit Obst auf, um danach sofort wieder zu verschwinden.

„Du wunderst dich noch immer, mich hier zu finden?", schmunzelte er, mit der Hand auf die zweite Ruheliege deutend. „Hatte ich dir nicht gesagt, du kannst in mir sehen, wen immer du willst. Die Hauptsache ist doch, dass wir uns treffen und lieben können."

Maja bestätigte seine Worte und ließ sich in gleicher Weise wie er, halb liegend, nieder.

„Nun, ich raste hin und wieder hier, in der Villa des Vaters des Gaius Valerius Catullus", sprach er weiter. „Du weißt ja, dass ich in meiner Eigenschaft als Prokonsul oft auf Reisen bin und fast genau so oft nach Verona komme."

„Verona?", fragte Maja ungläubig. „Ich war sicher, in Sirmione zu sein. Hat Catull nicht dort ein Anwesen?"

„Der Sohn, nicht der Vater. Aber sprechen wir von uns und nicht von ihnen."

Inzwischen hatte Maja den Schock verdaut, dass ihr geheimnisvoller Verehrer jener Gaius Iulius war, der später als Kaiser Gaius Iulius Caesar über Rom herrschen werde. Egal in welcher Zeit und an welchem Ort, er befehligte überall Heere, Flotten und Imperien.

Sie lächelte. „Am meisten wundere ich mich, dass du immer genau zu wissen scheinst, wann ich welchen Ort erreiche."

Er grinste vergnügt. „Ich habe eben meine Späher überall. Zudem bist du unter meinem Protektorat gereist. Genügt das als Antwort?"

Maja schmunzelte. „Sagen wir, ich lasse es gelten."

„Ich mag es, wenn du lachst", erklärte er, eigenhändig Wein nachschenkend. Dabei deutete er mit dem Kopf auf sein Ruhebett, worauf Maja sofort den Platz dahin wechselte.

Die Schmetterlingsgedanken stoben auf und suchten fluchtartig das Weite. Maja würde es ihnen nie verzeihen, wenn sie jetzt den geringsten Fehler begingen.

Gaius Iulius zog Maja in seine Arme, prostete ihr zu und flüsterte: „Ich hoffe, mit diesem leichten Wein deinen Geschmack getroffen zu haben. Du sollst unsere geheimen Stunden schließlich genießen und nicht verfluchen."

Der Wein war exzellent. Er erzeugte im Magen ein deutliches Wärmegefühl und gleichzeitig eine angenehme körperliche Leichtigkeit, ohne zu Kopf zu steigen.

„Genießerin", flüsterte Gaius Iulius, ihr langsam das Kleid abstreifend.

Mit geschlossenen Augen und einem entrückten Lächeln ließ sie es geschehen. Sie seufzte auf, als seine Lippen, ihren Hals entlang, tiefer wanderten, wo seine Hände schon auf eindeutiges Wohlwollen gestoßen waren.

Oh ja, er wusste, wie man eine Frau in Ekstase versetzen und sie geradezu süchtig nach ihm machen konnte! Kein Wunder, als Nachfahre der Liebesgöttin Venus, der er einen wundervollen Tempel hatte bauen lassen.

Nach einem für Maja äußerst erfüllenden Vorspiel, bei dem sein Streicheln wohl nicht einen einzigen Millimeter ihres Körpers ausgelassen hatte, zog er sie auf seinen Schoss.

Sie konnte sich nicht erinnern, je von solch heißen Lustgefühlen überschwemmt worden zu sein. Im Rhythmus eines ziemlichen wilden Ritts, oder vielmehr eines beinahe halsbrecherischen Galopps, gaben sie sich nicht nur flüsternd zu verstehen, welche Wonnen sie gerade durchlebten.

Beiden war es völlig egal, dass man ihr Liebesspiel überdeutlich bis in das Atrium vernehmen konnte. Schwätzer hätte er kurzerhand den Löwen zum Fraß vorwerfen lassen.

Ob er das jemals auch mit verflossenen Geliebten getan hatte, war Maja nicht bekannt. Nur, dass er im Allgemeinen nicht unbedingt zimperlich mit missliebigen Personen verfuhr.

Doch dieser Teil ihrer Gedanken war glücklicherweise mit dem Pulk der Schmetterlinge davongeflogen.

Maja erschauerte sanft unter seinen zärtlichen Berührungen, zog ihn an sich, um ihn tief und fest in sich zu spüren. Von einem Höhepunkt gelangte sie nahtlos zum nächsten, bis ihr schließlich die Sinne schwanden.

Als sie zu sich kam, stand sie, wie der sprichwörtliche begossene Pudel, wieder, oder vielleicht noch immer, vor der Büste des Catull. Ein schneller Blick in die Runde, kehrt auf dem Absatz und im anonymen Trubel der Urlauber untertauchen, geschahen gleichzeitig.

Am nächsten Kiosk schaute sie aufs Datum der Tageszeitung, dann auf die Uhr, wo sie feststellte, dass alles bestens und Zeit für noch ein Eis war, ehe sie sich auf dem Parkplatz am Bus einfinden musste.

Auf dem Weg dahin beseitigte sie auf einer öffentlichen Toilette mit ein paar Feuchttüchern jene Spuren, die ihr zeigten, dass sie wohl auch hier nicht nur geträumt hatte.

„Na, der Alleingang scheint ja grandios gewesen zu sein", schmunzelte die Reiseleiterin, als Maja mit strahlenden Augen auftauchte.

„Aber so was von", lachte die und stieg leichtfüßig die Bustreppe hinauf.

Und wie so oft, geschah auch diesmal etwas Besonderes: Weil man gut in der Zeit lag, bat die Reiseleiterin den Fahrer, noch eine komplette Runde um den Gardasee zu drehen, ehe endgültig Abschied genommen werden musste.

Maja blinzelte ihrem Spiegelbild in der Scheibe verschwörerisch zu. Sie hatte wirklich nichts verpasst und konnte den Anblick des Sees nun aus allen erdenklichen Perspektiven genießen. Sogar aus jener, von wo aus der See am romantischsten wirkte, aber im Normalfall keinerlei Chance bestanden hätte, dort anzuhalten.

Wegen einer Baustelle blieb der Bus nämlich im Stau an genau jener Stelle hängen, von wo aus Maja am besten fotografieren konnte, was sie auch voller Inbrunst durch das Fenster heraus tat. Das amüsierte Kopfschütteln des Fahrers quittierte sie mit einem burschikosen Grinsen.

Aber der hatte sie unterwegs oft mit einer kurzen Geste im Spiegel auf so viele Dinge hingewiesen, die andere nicht einmal da bemerkt hätten, dass sie wusste, wie sehr er sich mit ihr über die tollen Fotos freute.

Und weil er auch noch mit einem Weinhändler in einem Einkaufszentrum freundschaftliche Kontakte unterhielt, gab es noch einen zusätzlichen Stopp mit einer ungeplanten, aber ausgiebigen Weinverkostung und Einkaufsmöglichkeiten.

Maja nutzte beides sehr ausgiebig und musste diesmal die Karte zücken, weil ihr inzwischen das Bargeld ausgegangen war. Denn die schicke erdbeerrote Tasche in Andora hatte sie haben müssen. Da war kein Weg daran vorbei zu finden gewesen. Nach Italien fahren und weder Schuhe noch Tasche mitzubringen, wäre ja ein fast sträfliches Vergehen gewesen, wie sie kichernd kundtat.

Kurz vor dem Abendbrot erreichten sie schließlich wieder Ala, um die letzte Nacht auf italienischem Boden zu verbringen.

Der Abend war mit reichlich Alkohol ausgeklungen und Maja begab sich ziemlich müde in ihr Zimmer. Im Licht des Türspaltes sah sie etwas über den Fußboden huschen und hielt erschreckt inne. Ein Griff zum Schalter, die Lampe strahlte auf und zu Majas großem Entsetzen hockte eine stattliche Kakerlake unterm Tisch des Fernsehgerätes.

Mit zwei schnellen Schlägen einer zusammengerollten Zeitschrift erlegte sie den ungebetenen

Gast und spülte ihn ganz unspektakulär in der Toilette herunter.

Wieder einmal war sie froh, ihre Koffer und Taschen stets gut verschlossen zu halten. Denn an mangelnder Sauberkeit im Hotel konnte der Besuch des Tieres keinesfalls gelegen haben. Das blitzte vor Reinheit und es gab keinerlei Grund zu irgendwelchen Beanstandungen.

Man war halt in wärmeren Gefilden unterwegs, wo durchaus mit solchen Zwischenfällen gerechnet werden musste. Maja nahm den Vorfall nicht weiter tragisch und schlief nach dem Jagderfolg fast schon unter der Dusche ein. So stellte sie sich zum Handy vorsichtshalber auch noch den Radiowecker des Zimmers, um bloß das Frühstück nicht zu verschlafen.

Der Weckton am Morgen hatte etwas Endgültiges. Maja zwängte alles irgendwie mühsam in den Koffer, was am Abend zuvor leicht und locker darin gelegen hatte. Selbst die Kleidung schien sich dagegen zu sträuben, wieder nach Hause zu müssen.

Dazwischen wuselten die Schmetterlingsgedanken wie Irrlichter herum. Mal blitzte einer hier auf, mal einer da, um gleich darauf wieder zu verlöschen. Der Gang zum letzten Frühstück fühlte sich an, wie einer aufs Schafott.

Als der Bus abfuhr, lugte die Sonne gerade erst über die Bergspitzen und vergoldete die Felsen, als wolle sie Maja den Abschied leichter gestalten, und sie gleichzeitig zum Wiederkommen auffordern.

Maja atmete einmal tief durch und begann wie stets, nach den unzähligen Burgen und Felsennestern auszuspähen, sah sie unaufhaltsam vorüber gleiten und wünschte sich nichts sehnlicher, als ihrem charmanten und gutaussehenden Phantom noch einmal irgendwo begegnen zu können.

Die Schmetterlingsgedanken mimten auf Trauerfalter.

Nicht nur innerlich spürte Maja ungewöhnliche Kälte. Nach zwei Wochen mit Temperaturen von 24 Stunden lang über 30 Grad, fror sie auf dem ersten Halt nach dem Brenner bei 13 Grad sogar in der Sonne geradezu jämmerlich. Am liebsten hätte sie kehrtgemacht und wäre nach Ligurien, irgendwo unerreichbar in den Bergen, verschwunden. Die Landschaft, das Klima und nicht zuletzt die Hoffnung, ihn wiederzusehen, zogen sie geradezu magisch zurück.

Als der Bus vom nächsten Parkplatz rollte, klebte sie schon wieder buchstäblich an der Scheibe, um jene Burgen auf dem Weg durch Österreich zu fotografieren, die sie auf der Anreise ausgespart hatte, weil sie auf der fototechnisch ungünstigen Straßenseite lagen. Mit einem halb zufriedenen und halb traurigen Seufzer sagte sie schließlich Tirol Adieu. *Ich komme ganz bestimmt wie-*

der, dachte sie, verträumt lächelnd. *Es gibt genügend Orte in den Bergen, die ich noch nicht gesehen habe.*

Über die Route Regensburg ging die Reise weiter, um irgendwann am späten Abend da zu enden, wo sie begonnen hatte. Noch ein Stück mit dem Bus im Stadtverkehr, ein paarhundert Meter Fußweg und Maja kramte, erneut tief durchatmend, den Wohnungsschlüssel aus der Tasche.

Die rutschte, so vollgepfropft, wie sie war, von Majas Schulter und der Riemen klemmte ihr genau da die Haut ein, wo es die Ritterrüstung getan hatte. Mit einem lauten: „Autsch!", ließ sie die Tasche fallen.

Die knallte sehr geräuschvoll auf den Boden, worauf Majas Mann auftauchte und sich mit einem Schulterzucken den ziemlich großen Bluterguss ansah.

Maja hob das erdbeerrote Mitbringsel rasch auf, stellte es auf dem Schränkchen im Flur ab und flüsterte, es streichelnd: „Danke, du hast mich aus arger Erklärungsnot befreit."

Der Hohe Schwarm

Es dauerte nicht lange, bis Maja wieder Hummeln im Hintern bekam und die Enge ihrer vier Wände satthatte. Am liebsten wäre sie auf eine mehrtägige Burgentour durch Thüringen gegangen, aber dazu reichten weder der Resturlaub noch das fürs ganze Jahr geplante Restgeld für Rechercereisen.

Blindlings tippte sie mit dem Finger auf die Deutschlandkarte und erwischte Saalfeld, wie sie mit tiefer Zufriedenheit feststellte. Dort gab es genau all jenes zu entdecken, was sie bevorzugte – Mittelalter, Schlösser, Burgen, Grotten.

Beim Wort Grotten reifte ein Entschluss, den sie auf alle Fälle in die Tat umsetzen wollte. Sie nahm die Saalfelder Feengrotten ins Visier, nicht willens, davon abzulassen.

Mit Navi und Straßenkarte plante sie die Tour, um plötzlich festzustellen, dass sie eigentlich gar keinen Bock hatte, für teuer Benzingeld allein mit dem Auto los zu düsen. Also googelte sie sämtliche Reiseunternehmen und wurde fündig. Es war sogar noch genau ein Platz im proppevollen Bus frei, den sie auf der Stelle buchte.

Und wie immer half der Zufall, oder was auch immer, kräftig nach, mehr zu sehen, als eigentlich auf dem offiziellen Plan stand. Denn kurz vor Jena wurde vom Verkehrsmelder Stau durchgegeben und der Fahrer verließ sogleich die Autobahn, um über Landstraßen und durch malerische Örtchen hindurch, Saalfeld anzusteuern.

Majas kleine Kamera bekam kaum eine Pause – hier ein Gehöft in Umgebindetechnik, da ein windschiefes Häuschen, kurz vor dem endgültigen Zusammenbruch, und immer wieder Natur pur.

Weil es, trotz Ferien, mitten in der Woche war, stand ihr Bus auch als Einziger auf dem Parkplatz der Feengrotten, was garantierte, überall schnell und gut heranzukommen. Nach den obligatorischen und unterschiedlichen Prägemarken, die sich Maja überall auf der Welt am Automaten aus Münzen walzen ließ, und auf die sie einfach nicht verzichten konnte, ging es auch schon im Schutzumhang in die alten Bergwerksstollen der Grube *Jeremias Glück.*

Maja, die schon oft in Bergwerken, Höhlen und Grotten gewesen war, trug, im Gegensatz zu vielen anderen, wasser- und vor allem rutschfestes flaches Schuhwerk. So huschte sie an ihnen vorbei, um immer den besten Platz zu haben, wenn es Erklärungen auf der geführten Tour, oder etwas zu fotografieren gab.

In der großen Hauptgrotte, in welcher auch oft Trauungen durchgeführt wurden, nahm sie die gesamte grandiose Musik- und Lichtshow nicht nur in wirklich voller Länge, sondern auch noch in

73

allerbester Qualität auf. Schon deshalb hatte sich dieser eine Tag Urlaub mehr als nur gelohnt!

Vorbei an den versinterten Wurzeln der zweistämmigen Eiche gelangten sie schließlich wieder ins Freie, wo Maja sofort den Weg ins Feenweltchen einschlug. Ehe sie ans Tor dieser kleinen magischen Welt gelangte, in der es buchstäblich auf jedem Meter Weg Ungewöhnliches zu entdecken gab, passierte sie den zweistämmigen Baum.

Maja trat durch das geschnitzte Tor ein, um die vielen Eindrücke, der elfenhaft-magisch gestalteten Etappen auf dem geheimnisvollen Feenweg ganz in Ruhe zu genießen.

Vor einem der aufgestellten Spiegel wollte sie ein Erinnerungsfoto von sich machen. Jedes Mal, wenn sie die Kamera hob, tauchte hinter ihr, genau im Fokus der Linse, jemand auf und Maja wartete, dass dieser Jemand vorbeizog. Nur immer vergebens. Da war einfach keiner, obwohl auf dem Display eindeutig ein Mann zu erkennen war.

Schließlich zoomte Maja das Bild auf und blieb selbst wie versintert stehen. Das Gesicht kannte wohl niemand hier besser als sie! Aus dem Spiegel lächelte ihr Oberto Doria, alias Gaius Iulius Caesar, oder wer immer der Fremde aus Cannes wirklich sein mochte, entgegen.

Sie lächelte zurück und drückte endlich auf den Auslöser, wohl wissend, dass man ihn auf dem Bild nicht sehen werde. Schmunzelnd wanderte sie auf den Feenpfaden weiter. Die Zeit reichte sogar noch, um dem Grottoneum einen Besuch abzustatten, ehe der Bus Richtung Altstadt weiterfuhr.

Eigentlich ein Wunder, dass Maja nicht schon nach den ersten Häusern ein steifes Genick vom Fassadengucken hatte! Die Stadtführung nahm ihre ganze Aufmerksamkeit in Anspruch und sie sog die vielen Informationen auf, wie ein trockener Schwamm das Wasser.

Schon auf den allerersten Metern reifte in ihrem Kopf eine Kurzgeschichte, die sie später genau so zu Papier brachte.

An der Saale entlang wanderten sie schließlich zum Park am Fuße des Hohen Schwarms, der Ruine einer gotischen Wohnturmburg aus der Zeit zwischen dem ausgehenden 13. und beginnenden 14. Jahrhundert. Auf einem noch älteren Mauerwerk errichtet, wurde die Burg mehrfach geschleift. 1389 war die noch bewohnbare Burg, mitsamt der Herrschaft Saalfeld, an die Wettiner verkauft worden, die sie schließlich zwischen dem 15. und 16. Jahrhundert verfallen ließen.

Maja suchte gerade den besten Platz, wo die Umfassungsmauer in möglichst voller Länge zu sehen war, als ihr von einer Buche herab ein Stäubchen direkt ins Auge fiel und sich nicht gleich wieder entfernen ließ.

Entnervt, weil der leichte Tränenschleier beim Fotografieren störte, hielt sie sich das Auge zu und blinzelte mehrmals. Der Trick funktionierte und sie wollte gerade der Gruppe nachlaufen, als sich eine Hand wie eine Schraubzwinge um ihren Oberarm legte und eine Stimme raunte: „Wen haben wir denn da? Einen Spion?"

Maja war zu verblüfft, um antworten zu können, denn es handelte sich um eine Hand, die in einem metallenen Krebspanzerhandschuh mit Lederinnenfutter steckte und deren Griff äußerst schmerzhaft war. Da wurde sie auch schon unsanft herumgedreht, doch einen Wimpernschlag später losgelassen.

„Verzeiht mir." Der Fremde hatte die rechte Hand auf das Herz gelegt und den behelmten Kopf gesenkt. „Ich habe nicht geahnt, in welch ungewöhnlicher Tracht Ihr erscheinen werdet."

Maja riss die Augen auf, beäugte beunruhigt ihre Jeans und dann die nähere Umgebung. Das war mitnichten ein Schauspieler der Freilichtbühne, der sich einen dummen Scherz erlaubte, wie sie gerade noch vermutet hatte.

Kein einziger Baum war mehr zu sehen und die Burg prangte in all ihrer Herrlichkeit, nach einem erfolgreichen Wiederaufbau. Der Angreifer nahm soeben Helm und Kettenhaube ab.

„Ihr hier?!", rief Maja. „Aber wie …?"

„Ausschließlich, um Euch zu treffen, meine Liebe", erklärte er, die Kettenhaube im Helm verstauend. „Ich habe einen langen Ritt hinter mir, um

76

gerade noch pünktlich die Burg erreicht zu haben. Kommt, das Bad dürfte schon bereitet sein."

Nach wenigen Schritten blieb er stehen, legte ihr seinen Umhang um die Schultern. „Es ist besser, Aufsehen zu vermeiden."

Einfacher gesagt als getan. Zwar schauten nur noch die Spitzen der Schuhe heraus, aber die waren quietscheentengelb und zogen die Blicke der Wachen an wie kleine Magnete.

„Mit Euch hat man es wirklich nicht leicht", seufzte er, als sie das Tor passierten.

Maja zog einen Schmollmund und hob bedauernd die Schultern.

„Aber vielleicht ist es ja gerade das, was mir an Euch so gefällt", fügte er lächelnd hinzu, ihr den Umhang wieder abnehmend und dem erstbesten Dienstmädchen zuwerfend, das die zum Vorschein kommende Bluejeans mit offenem Mund betrachtete.

Maja musste sich fast auf die Zunge beißen, um über die dümmlich wirkende Grimasse nicht in lautes Lachen auszubrechen.

Der halbwüchsige Knappe, welcher herbeieilte und seinem Herrn mit kundiger Hand die Rüstung abnahm, betrachtete die knackigen Kurven sehr angetan, was ihm einen leichten Schwinger von seinem Herrn auf den Hinterkopf einbrachte. Das breite Grinsen konnte im Gegenzug nur Maja sehen und die hütete sich, den Knappen zu verraten.

„Ein Wort zu irgendwem und es setzt blaue Flecke!", rief ihm sein Herr noch hinterher. Dann fasste er nach Majas Hand. „Rasch, ehe das Wasser kalt und der Wein warm wird."

Er fühlte sich sichtlich unwohl, in ihrer Gegenwart so viel Rost vom Harnisch auf Hemd und Haut zu haben. Den Badeknecht, welchem ebenfalls der Unterkiefer fast bis auf die Schuhspitzen klappte, jagte er hinaus, um mit Maja völlig ungestört Bad, Wein und edle Speisen genießen zu können, die auf einem langen Brett quer über dem Badezuber standen.

Rasch saß er in der Wanne und schaute interessiert-erwartungsvoll zu, wie Maja ihre Kleidung ablegte. Als sie endlich ihm gegenüber in das angenehm warme Wasser stieg, nahm sein Gesicht einen behaglichen Ausdruck an.

Maja brauchte nicht lange, um sich genau so zu fühlen. Der Wein war vorzüglich und ihr geheimnisvoller Verehrer machte keinen Hehl daraus, sich für sie besonders viel Zeit zu nehmen, ehe er richtig zur Sache kommen werde.

So schob er dann irgendwann das leere Brett beiseite und Maja wechselte auf seine Oberschenkel über, um endlich rittlings mit ihm die ungezügelte Lust zu verspüren, die kleine Gesten und sanftes Streicheln angefacht hatten.

Er grub sein Gesicht zwischen ihre Brüste, die überaus einladend im Rhythmus der heißen Vereinigung wippten.

„Wisst Ihr, wonach mir der Sinn steht?", fragte er beim Abtrocknen. „Euch nie wieder weg zu lassen! Euch am besten vor der ganzen Welt zu verstecken, weil Ihr mir gehört."

Maja kannte die Geschichte, dass man im 16. Jahrhundert ein eingemauertes Mädchen in der Ruine gefunden habe, dessen Skelett beim Öffnen des Hohlraumes zerfallen sei. Infolgedessen zuckte sie bei seinen Worten heftig zusammen und wollte sich am Rand der Wanne abstützen. Nur griff sie daneben, verlor auf dem nassen Steinboden den Halt und stürzte so unglücklich, dass sie mit der Schläfe auf den Rand des Badezubers schlug. Dann wurde ihr schwarz vor Augen.

„Alles in Ordnung?", hörte sie wie durch eine Watteschicht jemanden fragen, der sie am Arm festhielt.

„Ja, ich glaube schon", murmelte Maja, ein wenig schwankend. „Bin wohl zu schnell aufgestanden." Sie fasste nach der Lehne der Parkbank, genau neben sich.

Als sie sich Augenblicke später den Nachzüglern der Reisegruppe anschloss, um über das Erlebte zu grübeln, bildeten die Schmetterlingsgedanken eine undurchdringliche Wolke und wisperten anklagend: *Denkst Du wirklich, er hätte jemandem so etwas antun können? Hast ja nicht mal nach der aktuellen Jahreszahl gefragt, geschweige denn nach seinem Namen.*

Maja musste ihnen, wohl oder übel, recht geben. Sie hatte selbst anhand der Kleidung nicht herausbekommen, in welchem Jahrhundert er auf sie gewartet hatte.

Zudem weißt du ganz genau, fuhren die Gedanken fort, *dass man, wenn man sich wissentlich auf dünnes Eis begibt, auch ins Kalkül ziehen muss, dass es brechen könnte.*

Auch hier konnte Maja nicht anders, als bestätigend nicken.

Seufzend beschloss sie, sich lieber wieder auf die Führung entlang der alten Stadtmauer zu konzentrieren, als hirnrissige Gedanken zu wälzen. Außerdem meldete sich der Hunger und so kaufte sie sich in einem Straßencafé ein Eis und eine Tasse Cappuccino, wie überall, wo sie auf Stippvisite hin kam.

Zeitig genug, um sich nicht abhetzen zu müssen, wanderte sie schließlich zum Bus zurück und fotografierte noch ein paar Kleinigkeiten, die ihr auf dem ersten Weg besonders gefallen hatten.

Und wieder einmal gab es vor der Abfahrt eine ziemliche Aufregung für alle, denn ein Platz im Bus blieb aus unerfindlichen Gründen leer. Auch nach einer halben Stunde tauchte die vermisste Person nicht auf und so unterrichtete der Reiseleiter die Zentrale über den ungewöhnlichen Vorfall.

Der Befehl lautete: Abfahren. Was der Fahrer sogleich tat.

Unterwegs gab der Reiseleiter dann den Inhalt eines plötzlich erhaltenen Telefonates der Zentrale bekannt. Die fehlende Dame hatte völlig die Orientierung verloren und war in die genaue Gegenrichtung gelaufen, als dahin, wo der Bus gewartet hatte. Sie musste schließlich mit dem Zug nach Hause fahren.

Maja freute sich immer wieder, dass ihr eigener Orientierungssinn hervorragend funktionierte und sie zudem lieber eine Viertelstunde eher am Treffpunkt erschien, als eine einzige Minute zu spät. Zudem hatte sie sich in fremden Städten schlichtweg immer Straßennamen aufgeschrieben, oder ein Straßenschild fotografiert, falls sie nicht die Telefonnummer des Busfahrers oder der Reisebegleitung bekam.

Recht oft genügte es, sich einen markanten Turm oder ähnliche Dinge in direkter Umgebung zu merken, um stets wieder ans Ziel zu finden.

Mit einem Speicherchip voller grandioser Aufnahmen und Eindrücken, die nicht weniger umwerfend waren, kam sie am Abend wohlbehalten nach Hause zurück.

Fast die ganze Nacht träumte sie von ihrem ungewöhnlichen Verehrer, dem sie im Stillen Abbitte für ihre dummen Gedanken tat. Und langsam begriff sie, dass Liebe ein Gefühl war. Man konnte es beiseiteschieben, aber nicht völlig unter-drücken.

Die Schmetterlingsgedanken grinsten breit.

Maja ließ ihnen die Schadenfreude. Zumal sie bei ihr blieben, obwohl die unsichtbare Wand inzwischen löchrig geworden war, wie ein Schweizer Käse.

Hin und wieder huschte einer der Schmetterlinge hinaus und kam mit arg schrägen Ideen zurück, die Maja oft aufgriff und denen sie Taten folgen ließ.

Sagenhaftes Prag

So hatte sie sich es eben auch in den Kopf gesetzt, mit ihrem Lieblingsreiseunternehmen nach Prag zu fahren, um Recherchen für den zweiten Teil eines Buches zu führen, das die Fans schon lange erwarteten. Zwar stand am Ende fest, dass es jenen zweiten Band in den nächsten Jahren nicht geben werde, was aber nichts mit der Reise selber zu tun hatte.

Die war so wundervoll gewesen, dass sie schon vor Ort beschloss, das mindestens noch ein Mal zu wiederholen.

Maja liebte die Goldene Stadt und deren sagenumwobene Altstädter Straßen. Sie mochte die kunstvollen Karyatiden, Atlanten und Greife, die unzählige Balkone und Hausvorbauten stützten, die Adler, Eulen und Fabelwesen.

Am liebsten stand sie stundenlang an der Čechův most, der Čech-Brücke, und betrachtete die Hydren auf der einen, die Damen auf der anderen Seite und den regen Schiffsverkehr auf der Moldau.

Dann träumte sie von den legendären Wassermännern und den Sagen um den Golem und Rabbi Löw. Genau genommen atmete jeder Stein Geschichte.

Auftakt bildete der Besuch des alten Klosters, wo schon auf den ersten Metern die kleine Kamera glühte. Nach einem typisch tschechischen Mittagessen mit Knödeln in der Klosterschänke fuhr der Bus ins Burgviertel, wo natürlich ein Besuch des Hradschin ganz oben auf dem Plan stand.

Zuerst gab es aber ein paar Daten über den Hirschgraben vor der Burg, der in vielen Prager Sagen eine große Rolle spielt. Im Jelení příkop war unter der Herrschaft Kaiser Rudolfs II. Hochwild für die Jagd ausgesetzt worden.

Über den Hirschgraben, der ursprünglich dem Schutz der Burg dienen sollte, führt die Prašný most, die Pulverbrücke, vom Königsgarten zur Burg. Vor dieser, so heißt es, sollen die schönsten jungen Männer Tschechiens Wache halten. Wie Maja mit einem Augenzwinkern feststellte, eine nicht ganz von der Hand zu weisende Mär.

Zur Besichtigung des Veitsdoms musste sich die Reisegruppe ziemlich lange mit anstellen, was Maja wiederum die Möglichkeit gab, ganz in Ruhe Details der Fassaden, der Wasserspeier und Skulpturen aufzunehmen. Auf dem Weg über die Treppen hinunter zu jenem Punkt, an dem man wohl den besten Ausblick auf ganz Prag hat, wurde sie unsanft an die drei Prager Fensterstürze von 1419, 1618 und 1948 erinnert, denn ein älterer Herr aus der Gruppe stürzte schwer die steilen Stufen hinab und musste ins Krankenhaus gebracht werden.

Da keiner Tschechisch sprach, begleitete ihn schließlich auch noch die Stadtführerin und so saßen sie auf dem Hradschin fest, ließen sich es sich in der Sonne braten und warteten darauf, irgendwann abgeholt zu werden. Nach zwei Stunden konnte der Weg zur Karlsbrücke endlich fortgesetzt werden.

Maja hatte die Zeit wieder genutzt, um in die unmöglichsten Ecken zu spähen und Bild um Bild in den Speicher zu laden. Diesmal sicherte sie ihren ausgewechselten Chip mehrfach ab, denn einer war abhandengekommen. Er musste bereits in der Klosterschänke aus der Kameratasche gerutscht sein und mit ihm waren dutzende wertvolle Momentaufnahmen unwiederbringlich verlorengegangen.

Die Skulpturen auf der Karlsbrücke schienen Maja zuzunicken.

Du kannst sie verstehen, so wie sie dich verstehen, flüsterten die Schmetterlingsgedanken.

Zu beinahe jeder der steinernen Figuren existierte eine Sage und Maja hatte schon oft über diese nachgedacht. Jetzt, bei Tag, wirkten sie eher heiter, während sie bei Nacht und Nebel geradezu beängstigend und unheimlich erschienen.

Fasziniert blieb Maja an dem alten Wasserrad, gleich zu Beginn der Brücke, stehen und stellte sich vor, dass hier jene Wassermänner wohnten, die in einem lustigen Kinderfilm um ihr wunderbar feuchtes Haus kämpfen mussten. Ein leichtes Schmunzeln stahl sich in ihre Mundwinkel, als sie sich daran erinnerte, wie unter den Stühlen der Gäste im Rathaus Pfützen gestanden hatten, die sich niemand erklären konnte.

Von der Terrasse des Kafka-Museums wurde ein Heliumballon mittels einer Seilwinde nach oben gelassen, von dem aus sich Besucher Prag und vor allem die Moldau aus der Vogelperspektive ansehen konnten. Maja rang mit sich, ob sie nicht vielleicht auch zum Höhenflug ansetzen sollte.

Schließlich siegten die Vernunft und der Gedanke, im Augenblick gar nicht so viel Geld in der Tasche zu haben.

Am Ufer entlang führte der Weg zur nächsten Brücke und dann wieder ins alte Stadtzentrum zurück, wo Maja auch den berühmten Orloj, die astronomische Uhr, besuchte.

Mit dem Bau war Anfang des 15. Jahrhunderts begonnen worden und im Laufe vieler Jahre kamen immer neue Komponenten hinzu, die das Prachtstück zu einem wahren Kunstwerk machen. Rein zufällig war Maja auf dem Platz, als das Spektakel der Apostel begann und schließlich der Sensenmann erschien, um drohend herabzuschauen.

Maja hatte von der Geschichte jenes Raubritters gehört, der da oben, genau hinter dem Fensterchen mit dem Skelett eingekerkert gewesen sein soll und auf das Todesurteil wartete.

Es hieß, er habe einen Sperling gesehen, der in den zuklappenden Mund des Gerippes geraten und nach einer Stunde quicklebendig wieder davongeflogen sei. Denn so lange dauert es, bis das Schauspiel von neuem beginnt, und der Sensenmann seine Kiefer wieder öffnet.

Der Ritter hatte es als gutes Zeichen gewertet und sollte sich nicht getäuscht haben, er wurde tatsächlich begnadigt.

Ach ja, die Ritter…, witzelten die Blümchengedanken.

Maja ignorierte sie und wandte sich wieder ihrer Fotoleidenschaft zu. Vom Staroměstské náměstí, dem Altstädter Platz, bis zum Wenzelsplatz wanderte sie, steckte die Nase in unzählige kleine Geschäfte und kaufte doch wieder nichts.

Dafür wuchs der Vorrat an Bildern von wundervollen Fassaden und Skulpturen, sodass sie am Nachmittag bereits wieder den Chip wechseln musste.

Vorbei an den teuersten Geschäften der Stadt flanierte sie über die Pariser Straße schließlich zum Bushalteplatz am anderen Ende der Čech-Brücke. Wie immer glitt ihr Blick auch in luftige Höhe, sodass ihr linker Hand an einer Fassade auch nicht der Drachentöter entging.

Zudem nahm sie einige Fotos nackter, in Stein gehauener, Schönheiten an einem der Hauseingänge der Nebenstraßen auf, welche eines ihrer nächsten Buchcover zieren sollten.

Und wie stets war sie sehr zeitig am vereinbarten Treffpunkt, trotzdem sie beinahe jedes Ornament und Element ihrer imposanten Lieblingsbrücke fotografiert hatte. Besonders beeindruckten sie die mehrköpfigen Wasserdrachen an der flußabwärtigen Seite des Bauwerks, die sie aus den unglaublichsten Perspektiven auf den Speicher bannte und die sie ebenfalls auf einem Titelbild unterzubringen gedachte.

Dass sofort die entsprechende Schreibidee aufkeimte, verstand sich fast von selbst.

Weil noch genügend Zeit war, stieg sie die gewendelte Treppe hinab, die zu einem der unzähligen Restaurants am Ufer führte, stützte sich auf das Geländer ein paar Meter vor dem Eingang und beobachte das muntere Treiben der Tiere am Fluss.

Es raschelte in einem Strauch direkt am Wasser und einen Wimpernschlag später landete eine junge Elster fast auf ihrer Hand.

„Huch, Hitchcock lässt grüßen!", rief Maja erschreckt und der nestjunge Vogel krächzte genau so erschrocken zurück.

„Bekommst du öfter Grüße von Mr. Hitchcock?", fragte jemand mit eindeutig amüsiertem Unterton.

Maja schaute vorsichtig über ihre Schulter, um den Jungvogel nicht zu beunruhigen. Womöglich wäre er sonst ins Wasser gestürzt und jämmerlich ertrunken.

In ungläubigem Staunen weiteten sich ihre Augen, die Stimme gehörte ihrem geheimnisumwitterten Verehrer. Vergnügt lächelnd stand er vor ihr und freute sich, dass es ihr wieder einmal völlig die Sprache verschlagen hatte.

Er bot ihr seinen Arm an. „Lust auf einen Cappuccino?"

Maja nickte und hängte sich mit strahlendem Blick ein. Ganz am Rande nahm sie noch seine völlig durchnässten Schuhe, die feuchten Hosenbeine und die Wasserlache wahr, die er hinterließ, als er mit ihr in Richtung der Brücke schlenderte.

Die Schmetterlingsgedanken verwandelten sich gerade wieder in kleine Düsenjets, die kreuz und quer durch ihren Bauch rasten, was Maja davon abhielt, über ihre Entdeckung nachzugrübeln.

Da blieb er auch schon direkt an der Mauer neben der Brücke stehen, drückte mit der flachen Hand eine verborgene Tür auf und bat Maja, einzutreten.

„Keine Angst, dir geschieht nichts", flüsterte er, als sie zauderte, den stockfinsteren Raum zu betreten. „Nicht erschrecken, ich werde dich ein Stück tragen", fügte er hinzu, sie kurzerhand auf die Arme nehmend.

Da krachte die Tür auch schon zu und der Knall hallte mit mehrfachem Echo wieder.

„Wo sind wir?", hauchte Maja, wirklich nicht das Geringste in der buchstäblichen Grabesschwärze erkennend. Es irritierte sie sehr, bei jedem seiner Schritte das Plätschern von Wasser zu hören. Zudem roch es nach feuchtem Mauerwerk.

Allerdings schien er in dieser Dunkelheit keinerlei Orientierungsprobleme zu haben, genauso, wie er sie scheinbar mühelos trug. Es ging um zwei, drei Ecken, dann öffnete er wieder eine Tür.

Blendende Helle traf Majas Augen.

„Willkommen in meinem Reich!", schmunzelte er, als sie völlig verblüfft in die Runde schaute.

Sie standen am flachen Strand eines geradezu magisch blauen Sees, an dessen anderem Ufer ein Wasserfall von unglaublich hohen Bergen herab rauschte. Im strahlenden Sonnenschein spannte sich ein funkelnder Regenbogen über das tosende Wasser. Vögel zwitscherten im Gebüsch.

Auf einer großen Decke auf der Wiese stand ein Picknickkorb und gleich daneben, der verheißene Cappuccino.

Kopfschüttelnd ließ sich Maja an der Seite ihres immer wieder fremden Geliebten nieder. „Du schaffst es jedes Mal, mich zu komplett überraschen."

Lachend hob er seine Tasse. „Wohl bekomm's!"

Sie betrachtete das Muster auf dem Milchschaum. „Aber das ist doch …! Der Barista ist ein Genie! Die Hydra sieht völlig lebensecht aus!"

„Ich weiß, dass du sie sehr magst. Möchtest du sie kennenlernen?"

Maja schaute auf. „Wen? Die Kaffeekünstlerin?"

Er lachte noch lauter, mit der Hand auf den See deutend. „Nein. Sie!"

„Wow!!!" Mehr bekam Maja nicht heraus.

Fast lautlos tauchten gleich sechs gefährlich wirkende Echsenköpfe aus den Fluten. Die gigantischen Tiere kamen näher, bis das Wasser zu flach für ihre Leiber wurde.

Maja konnte trotzdem jede einzelne, dunkel eingerahmte Schuppe erkennen, die herrlich blaugrün schimmerten.

„Sie sind wundervoll", seufzte sie.

„Das sind sie in der Tat", bestätigte er. „Sie sind die Wächter meines Reiches."

„Wer bist du?", fragte Maja, ihm tief in die Augen schauend.

„Oh, ihr neugierigen Menschen", schmunzelte er. „Na gut, aber nur, weil ich weiß, dass bei dir das Geheimnis sicher ist: Ich bin Marek, König der Wassermänner Böhmens."

Und auf Majas verdattertes Gesicht: „Du weißt doch, dass ich auf Wasser stehe. Auch als Admiral und in der Badewanne. Wie wäre es mit einer Abkühlung im See?"

Ohne, erst auf Zustimmung zu warten, streifte er seine Kleidung ab. Maja überkam sofort wieder jenes Verlangen, dass sie stets schon beim bloßen Gedanken an ihn empfand.

„Die Variante behagt mir noch mehr", wisperte er, ihr mit Hingabe beim Ausziehen helfend. Seine Hände glitten über ihre Haut, seine Lippen suchten die ihren und sie sanken eng umschlungen ins weiche Gras.

Die Schmetterlingsgedanken huschten von Blüte zu Blüte, so wie der Wassermann Maja in unzähligen Varianten Lust bereitete. Am meisten mochte sie es, seine Küsse auf beinahe jedem Quadratzentimeter Haut zu spüren.

Tiefenrausch, statt Höhenflug, schwärmten die Schmetterlinge, sich flink in Goldfische verwandelnd.

Wohl auch keinen Augenblick zu spät, denn die ineinander verknäulten Liebenden rollten im Rausch der Sinne plötzlich ins Wasser.

In seinem Element zog der König dieses verborgenen Reiches noch ganz andere Register, und Maja hätte sich kein bisschen gewundert, wenn die Sexpraktiken des Kamasutra hier ihren Ursprung gehabt hätten.

Unvermittelt tauchte eine der Hydren vor ihnen
auf. Der Wassermann strich Maja noch einmal
zärtlich über die Wange und erklärte leise: „Du
musst gehen."

Als habe der Hinweis ihm gegolten, tauchte der
Wasserdrache ab, wobei er einen gewaltigen Stru-

del erzeugte, der Maja geradezu verschlang. Ihr Schreckensschrei blubberte als Blasenschwall zur Oberfläche. Dann wurde ihr die Luft knapp …

„Jetzt sagen Sie nicht, die junge Elster hat Sie so erschreckt", drang es an ihr Ohr. „Die ist doch ganz harmlos."

Maja riss die Augen auf. Neben ihr lehnte ein älterer Herr aus der Reisegruppe am Geländer, der sich über ihren Entsetzenslaut mächtig amüsierte.

„Ich weiß", entgegnete sie lächelnd. „Hab nur gerade ganz wundervoll geträumt und bin wohl etwas unsanft geweckt worden."

„Ja, die Moldau", sinnierte er. „Die hat schon ganze Generationen von Künstlern inspiriert."

Kein Wunder, wisperten die Goldfischgedanken, rasch wieder in Schmetterlingsgestalt schlüpfend.

„Da haben Sie recht", erwiderte Maja. „Die Mächte des Wassers sind gewaltig."

Eindeutig zweideutig, kicherten die Schmetterlinge und kreisten wie ein unsichtbarer Heiligenschein um Majas Kopf.

Noch die ganze folgende Nacht schwirrten sie auch hinter Majas Stirn wild durcheinander, so dass Maja einfach keinen Schlaf finden konnte.

Marek, wie er sich hier nannte, und wie auch immer er wirklich heißen mochte, war ein Geschenk aller guten Geister.

Sie freute sich auf die Fahrt mit dem Schiff *Klara*. Vielleicht konnte sie irgendeine Spur von ihm oder seinen Wächtern irgendwo im Wasser erspähen.

Maja dachte an ihre Kindheit zurück. Meist hatte sie mehr Wasser in ihren Gummistiefeln gehabt, als das winzige Bächlein hinterm Haus überhaupt führte. Und keine Pfütze war jemals groß und tief genug gewesen, sie wirklich von sich abzuhalten.

Ihr Mann war im Sternbild Wassermann geboren ... nur scheuchte Maja diesen Gedanken jetzt in ganz weite Ferne. Es gab wohl keinen krasseren Vergleich als den, zwischen Marek, der für sie das tosende, mächtige Wasser verkörperte, und ihm, dem ausgetrockneten Fluss mit winzigen Restpfützen.

Maja war von ihrer individuellen Stadttour am nächsten Tag fast eine Stunde vorfristig zurück, um noch einmal in aller Ruhe die bronzenen Wasserdrachen zu besuchen und eine kleine Ewigkeit von der Brücke aus, die Schönheit der Moldau zu betrachten. Gerade heute hatte sich der Fluss besonders schön geschmückt, denn Millionen goldglänzender Sonnenkringel tanzten auf der fast spiegelglatten Oberfläche, die nur durch die Schrauben der vielen Schiffe und Boote gekräuselt wurde.

Nur für dich, flüsterten die Schmetterlingsgedanken und Maja war sicher, dass sie recht hatten.

Ihrem Liebsten schienen die gemeinsamen Stunden den gleichen Spaß zu machen, sonst hätte er es wohl kaum auf sich genommen, ihr querfeldein über den Globus zu folgen.

Wenig später ging es bei Speis' und Trank die Moldau stromaufwärts, durch das Schiffshebewerk, vorbei an den alten Mauern der Stadtbefestigung bis zum Wendepunkt und dann die gleiche Strecke zurück.

Das Wasser funkelte noch immer, wie mit Diamantsplittern übersät, und Majas Kamera fungierte als Videorekorder, um die atemberaubend schöne Kulisse aufnehmen zu können.

Vor der Karlsbrücke stellte der Kapitän das Schiff quer, damit die Fahrgäste das imposante Bauwerk vom Fluss aus in voller Schönheit vor sich hatten und auf die Speicher der Kameras bannen konnten.

Maja strahlte aber auch so schon den ganzen Tag mit der Sonne um die Wette.

Als die *Klara* wieder anlegte, verabschiedete sich Maja mit einem Lächeln von der Moldau, deren Geheimnissen und von Prag, das stets wie ein Magnet auf sie wirkte.

Ich komme wieder, dachte sie zufrieden und die Schmetterlingsgedanken tanzten dazu einen fröhlichen Reigen.

Auf der Suche nach Mr. X

Fortuna schien es mit Maja besonders gut zu meinen, denn wenige Wochen später beschenkte sie sie mit einer Kurzreise ihres Lieblingsreisebüros zum Störmthaler See, im Leipziger Neuseenland, südöstlich von Leipzig.

Die sieben Quadratkilometer große kristallklare Wasserfläche war durch die Flutung des ehemaligen Braunkohletagebaus entstanden und wartet seitdem mit verschiedenen Attraktionen auf. Nicht nur, dass es Hotels und Bootsanlegestellen gibt, nein man kann auch mit einem Amphibienfahrzeug den See erkunden.

Der Uferrundweg für Wanderer, Skater und Radfahrer ist 23 Kilometer lang und lädt ebenfalls zu einmaligen Entdeckungsreisen um den See ein.

Natürlich strahlte die Sonne, wie immer, wenn Maja auf Entdeckertour ging. Irgendwer schien diesbezüglich seine schützende Hand über sie zu halten, wie sie stets mit einem lustigen Blinzeln erklärte.

Bis zu jenem Tag hatte sie den See nicht gekannt, ja nicht einmal von ihm gehört. Umso mehr freute sie sich, ihn nun besuchen zu dürfen.

Die Reiseleiterin gab ein paar Voraberklärungen, wobei auch die Vineta auf dem See angesprochen wurde. Dieses Kunstwerk symbolisiert die verlorene Magdeborner Kirche und erinnert an all die Orte, die dem Braunkohletagebau zum Opfer fielen. Es heißt, es sei mit seinen 15 Metern das höchste schwimmende Bauwerk auf deutschen Seen.

Majas Gedanken schweiften ab. Sie trieben hin zur sagenhaften Stadt Vineta an der Ostsee, die bei einer Sturmflut untergegangen sein soll.

Allen Warnungen zum Trotz hatten die Bewohner weiter ihr verschwenderisches Leben geführt und waren schließlich in den Fluten umgekommen. Noch heute sollen Glocken aus den Tiefen des Meeres zu hören sein…

Im Störmthaler See war sicher nicht damit zu rechnen, dass Wasserfrauen oder Nixen erschienen, um Flüche auszusprechen. Mit dem neumodischen Kram hatten die im Allgemeinen nichts am Hut.

Du bist unromantisch, protestierten die Schmetterlingsgedanken.

Und ihr seid albern, konterte Maja grinsend, sich der Landschaft links und rechts der Autobahn widmend.

Viel gab es nicht zu sehen, höchstens ein paar alte große Fabrikruinen einer typischen deutschen Tagebaugegend. Interessant wurde es erst, als der Bus die Autobahn verließ und sich dem See näherte.

Auf den Wiesen davor sah es nämlich auch fast wie nach einer Sturmflut aus. Hunderte kleine verlassene Zelte, Campingstühle und tonnenweise Unrat lag herum, der von mehreren Bulldozern zusammengeschoben wurde, um ihn besser, mit den bereitstehenden Lastwagen, abtransportieren zu können.

Kopfschüttelnd und mit deutlichem Unbehagen beobachtet Maja die Szene, die jene, die das Chaos aus Müll gestiftet hatten, offenbar für völlig normal hielten. Maja hatte Ähnliches schon wo ganz anders gesehen, nämlich in den menschenleeren Sitzreihen beim Verlassen von Flugzeugen.

Hier, auf den Wiesen vorm See, waren es die Hinterlassenschaften von Besuchern eines Rockfestivals, die auf mehrere Laster verladen werden mussten.

Von einem Untergang zum nächsten, prophezeiten die Gedanken und meinten den Untergang der Sitten auf diesem Platz und den der Dörfer im Tagebaugebiet.

Der zweite Untergang zeigte zumindest nach außen hin ein recht hübsches Gesicht, wie Maja mit wenigen Blicken feststellte. Der See war unglaublich hell jadegrün, schimmerte in der Sonne geheimnisvoll und lud zum Träumen ein. Maja musste den Schmetterlingsgedanken recht geben, dass sich hier durchaus Potenzial für vielleicht zukünftige Sagen befand.

Um ihnen eine kleine Auszeit zu gönnen und ganz in Ruhe Detailbetrachtungen anstellen zu können, entließ Maja die Schmetterlinge in die Freizeit. Sie konnte gar nicht so schnell bis drei zählen, wie die sich wieder einmal in Fischlein verwandelten und blitzschnell im See verschwanden.

Inzwischen schlenderte die ganze Reisegruppe hinunter zur Anlegestelle der Ausflugsschiffe, um zur Vineta überzusetzen. Während die ortsansässige Fremdenführerin noch ein paar Eckdaten über den See, seine Anreiner und deren Veranstaltungen preisgab, tauchte in der Ferne die schwimmende Plattform auf.

Nicht uninteressant, staunte Maja. Zumal die Solarzellen auf dem nachempfundenen Kirchendach ein autarkes Betreiben des Bauwerks garantierten.

Eine große Messingtafel an der Wand und mehrere auf dem Boden, kündeten davon, welche Dörfer zerstört und geflutet worden waren. Am Geländer stehend, spähte Maja zu den Ufern, wo die Natur schon fleißig verloren geglaubtes Terrain mit Büschen, Bäumen und Gras zurückeroberte. Noch ein paar Jahre, dann werde die Uferregion sicher schon ein malerisches Bild bieten und rasch vergessen lassen, wodurch der kristallklare See entstanden war.

Im Augenblick fühlte Maja allerdings eine Beklemmung, als würden sämtliche Sorgen der ehemaligen Bewohner dieses Landfleckens mit einem Mal auf sie einstürmen.

Die zurückverwandelten Schmetterlingsgedanken schienen das Gleiche zu spüren, denn sie sammelten sich tief in Maja und verhielten sich still, wie selten in ihrem Leben.

Seufzend wandte sich Maja ab, um das Innere der Vineta zu betreten, wo an der Decke noch einmal veranschaulicht, was hier geschehen war.

Auf dem Rückweg zum Café am Strand legte sich das beklemmende Gefühl langsam wieder. Maja betrachtete fasziniert das hellgrün schimmernde Wasser und freute sich auf eine Tasse Kaffee. Da dieser in Selbstbedienung aus den Kannen am Tisch entnommen werden konnte, füllte sie gleich die Tassen aller Tischnachbarn mit, welche diese ihr bereitwillig entgegenhielten. Nur konnte sie sich die erstaunten Blicke nicht erklären, als sie sich schließlich setzte, um ihren eigenen Kaffee zu genießen.

Sekunden später klärte sich alles in einem herzlichen Gelächter. Man hatte sie mir der Bedienung verwechselt, die alle, genau wie sie an diesem Tag, Bluejeans und schwarze T-Shirts trugen.

Das kleine Verwirrspiel hatte zur Folge, dass sich rasch eine angeregte Unterhaltung an ihrem Tisch entwickelte, an der alle Beteiligten viel Spaß hatten. So registrierten sie nur am Rande, dass einen Tisch weiter ein Herr aus der Reisegruppe offensichtlich nicht nur ein Bier zu viel getrunken hatte und in Stänkerlaune war.

Die Schmetterlinge atmeten tief durch. *Glück gehabt, sonst bist Du immer bei denen, die es über sich ergehen lassen müssen.*

Stimmt, dachte Maja vergnügt.

Da ahnte sie beim besten Willen nicht, dass sich ebenjener Herr im Bus ganz plötzlich neben sie setzen werde!

Sie kam auch gar nicht zum Erschrecken, da hatte er schon Platz genommen und versuchte, sie in ein Gespräch zu verwickeln. Maja machte gute Miene zum bösen Spiel und bemerkte, dass sie ihn mit wohlgesetzten, aber zweideutigen Antworten so im Zaume halten konnte, dass er sogar auf eine normale Lautstärke in der Unterhaltung herunterschaltete.

Beinahe im selben Moment tauchte die Reiseleiterin auf und fragte besorgt nach, ob alles in Ordnung sei, was Maja mit einem fast schon amüsierten Lächeln bejahte. Seit sie ihrem unfreiwilligen Gesprächspartner auf die erste, ziemlich poltrige Kontaktaufnahme gesagt hatte: „Missliebige Personen töte ich, wenn es denn unbedingt sein muss, lieber mit Worten", war der nämlich keinen Zentimeter näher gerückt. Nicht etwa aus Angst, sondern aus ehrlichem Respekt, weil er sofort richtig getippt hatte: „Du schreibst Bücher!"

In jenem Moment hatte sich auch schlagartig die fast schon geladene Atmosphäre im Bus entspannt, denn beinahe jeder hatte unterschwellig befürchtet, dass der stark Angetrunkene zum Randalierer werden könnte.

Der zeigte jetzt ganz andere Ambitionen, nämlich echtes Interesse an Majas Arbeit. Und ihr war viel daran gelegen, die friedliche Stimmung aufrechtzuerhalten, also gab sie umfassend Auskunft zu allem, was er darüber wissen wollte.

Maja profitierte natürlich auch von diesem Gespräch, indem sie sofort eine neue Romanfigur in den Tiefen ihres Gehirns abspeicherte.

Allerdings hätte sie die Zeit lieber mit Mr. X verbracht, wie sie ihren Geliebten nannte. Doch von ihm fehlte jede Spur.

Als die Tage kürzer wurden, überkam Maja erneut das Reisefieber. Dass es die verzweifelte Sehnsucht, nach ihrem Geliebten war, hätte sie wohl kaum zugegeben, wie die Schmetterlingsdanken grinsend feststellten.

Maja enthielt sich der Stimme. Sie wusste, wie recht die kleinen Biester hatten. Und das machte für sie alles noch schlimmer. Also raffte sie sich auf und durchwühlte die Homepage ihres Lieblingsreisebüros. Sicher war nur, dass sie irgendwohin wollte, wo Wasser zu finden war, in welcher Form auch immer.

Und dann fügte sich eins zum anderen – sie fand das ideale Ziel, mit idealem Rahmenprogramm und erwischte, mit etwas Glück einen Platz im Bus und mit ziemlicher Mühe eines der raren Einzelzimmer.

Das Wetter meinte es, wie meist, wenn sie verreiste, gut mit Maja. Es war zwar Dauerregen angesagt worden, aber der hielt sich stark zurück. Bisweilen strahlte sogar die Sonne ganz wundervoll vom Herbsthimmel. So ging es auch recht zügig voran und man erreichte pünktlich Dietfurth im Altmühltal, wo im *Gasthaus zur Post* das schmackhafte Mittagessen bereitstand.

Von da aus war es nur noch ein Katzensprung bis zum *Bräu-Toni*, der mit hübschen Zimmern auf seine Gäste wartete. Am Nachmittag brach die Reisegruppe schließlich auf, um das wundervolle Kristallmuseum Riedenburg zu besuchen, welches großartige Exponate sein Eigen nennt.

Maja freute sich besonders auf die sagenhaften Turmaline, den riesigen Smaragdkristall aus den Hohen Tauern und die größte Bergkristallgruppe der Welt. Denn mit ihren acht Tonnen Gewicht, schlägt diese locker alle Rekorde.

Zudem interessierten sich Maja für die Sagen und Geschichten hinter den unglaublich schönen Steinen.

Natürlich gab es nicht nur im Museum viel zu bestaunen, auch außerhalb füllte sich der Speicherchip der Kamera Bild um Bild. Da war an erster Stelle Schloss Rosenburg, das in der untergehenden Sonne einfach umwerfend auf seinem Berg thronte und Maja gleich mehrere Fotos wert war.

Die nächste Station war die Anlegestelle der Ausflugsschiffe bei Kehlheim, wo die Gruppe an Bord des größten Schiffes, der Altmühlperle, ging, um eine Nachtkreuzfahrt mit „*Feuer & Flamme*" auf der Donau zu genießen. Ein Spektakel, welches am Ende über 1500 Gäste aus Deutschland und Österreich zusammenführte.

Alle festlich beleuchteten Schiffe legten nacheinander ab und fuhren im Konvoi donauabwärts in Richtung Bad Abbach. Zugleich wurde an den ebenfalls wunderschön geschmückten Tischen das drei Gänge Menü serviert.

In Höhe Kapfelberg wendeten alle sechs Schiffe in einem spektakulären Manöver, um gemeinsam zurück nach Kelheim, in den Main-Donau-Kanal zu fahren, wo an der Anlegestelle Kelheim-Altmühltal der Schiffskonvoi stoppte und den Schaulustigen Gelegenheit gab, die bengalischen Feuer entlang des Ufers zu filmen oder zu fotografieren.

Auf der Kelheimer Fußgängerbrücke und der Osttangentenbrücke wurde anschließend das erste Feuerwerk gezündet. Zwei Funkenkaskaden, wie glitzernde Wasserfälle anmutend, fielen auf 40 Meter Länge herab, vor denen die dunklen Feuerwehrboote einen interessanten Kontrast ergaben.

Maja hatte einen der besten Plätze an der Reling erwischt und filmte, was das Zeug hielt, bis die Schiffe in enger Linie schließlich zur Schleuse Kelheim weiterfuhren. Dort folgte Maja wieder ihrem Bauchgefühl und besetzte einen Platz, von wo aus sie ganz zentral das grandiose Feuerwerk und die bengalischen Feuer im Blick hatte. Unglaublich viele Effekte, untermalt von Musik, brachten nicht nur sie zum Staunen.

Erst nach 23 Uhr, also um einiges später als erwartet, legte das Schiff wieder an und der Bus fuhr zurück zum Hotel. Maja duschte und schlief rasch ein, während andere noch auf der Terrasse eine Nachtzigarette rauchten.

Für den kommenden Tag war in Regensburg eine Messe mit den Domspatzen geplant, nur schlugen diesmal diverse Widrigkeiten zu und hätten das beinahe verhindert. Man konnte weder rechtzeitig abfahren, weil man in der Nacht zuvor ganz einfach zu spät zurück gewesen war und der Busfahrer dringend seine Ruhezeit einhalten musste, um keinen Ärger zu bekommen, noch kam man auf den Landstraßen wegen des dichten Verkehrs gut voran.

Trotzdem schaffte es die Reisegruppe, wenigstens einen großen Teil der Messe mitzuerleben, bevor sie zu einer kleinen Stadtwanderung aufbrach, um das ganze Programm der Reise erleben zu können.

Schön, dass das Wetter mitspielte und Maja den herrlichen Dom von allen Seiten ablichten konnte. In der ältesten Wurstbraterei der Welt kaufte sie sich Wurst mit Sauerkraut, was wirklich so lecker war, wie vermutet, worauf die ganze Reisegruppe rasch ihrem Beispiel folgte.

Allerdings musste sie höllisch aufpassen, dass ihr die extrem frechen Tauben nicht das Brötchen mitsamt der Wurst aus der Hand rissen. Maja hatte selten aufdringlichere Vögel erlebt. Selbst Möwen wirkten dagegen geradezu kreuzbrav.

Um der buchstäblichen Belagerung zu entgehen, suchte sich Maja ein Plätzchen etwas abseits und entdeckte dabei eine große bronzene Halbkugel, auf deren Schnittfläche die Stadt Regensburg dreidimensional dargestellt wurde, wie sie um 1700 ausgesehen hatte.

Natürlich entging Maja beim Umherwandern auch das alte Wasserrad nicht, welches am anderen Ufer in einem schmaleren Seitenarm der Donau erbaut worden war. Um es noch besser sehen zu können, lief sie über die Behelfsbrücke, weil die reguläre gerade restauriert wurde.

Es war noch mindestens eine Stunde Zeit, um zum vereinbarten Treffpunkt für die Abreise zu kommen, das Wetter war fantastisch und so setzte sie auf der anderen Seite des Flusses in den gemütlichen Außenbereich eines Straßencafés. Sie wählte Cappuccino, wie sie es immer und beinahe überall tat, wo sie einkehrte. Zwischendurch beobachtete sie Spaziergänger und unzählige Hundebesitzer, die gerade mit ihren Vierbeinern ans Ufer zogen, um ihnen Auslauf zu geben.

Maja knabberte an ihrem Keks zum Heißgetränk, der intensiv nach würzigem Lebkuchen schmeckte. Sie liebäugelte schon fast damit, sich in einer Pfefferküchlerei, ein paar Häuser weiter vorn, eine ganze Packung zu kaufen. Dann siegte die Trägheit und sie schlenderte in die andere Richtung zum Treffpunkt der Gruppe.

Dort stand hinter einer gläsernen Barriere eine alte Dampflokomotive und Maja verrenkte sich fast den Arm, um halbwegs vernünftige Detailbilder aufnehmen zu können.

Wie so oft bei Gruppenreisen, hatten zwei Damen die falsche Richtung eingeschlagen, und die Reiseleiterin eilte davon, um die beiden zu suchen. Nachdem auch noch diese allerletzten Nachzügler eingetrudelt waren, trat die Gruppe die Heimreise an.

Und wieder einmal kam die Meldung, dass sich auf der Autobahn ein Unfall ereignet habe, zeitig genug, den Weg über die Landstraßen antreten zu können, um dem Stauchaos zu entgehen. Mit einiger Verspätung erreichte man wohlbehalten den Busbahnhof, wo ein Teil der Gäste, zusammen mit Maja, ausstieg.

Und auch diesmal war ihr Geliebter, wie vom Erdboden verschluckt, nicht erschienen. Maja stürzte in ein Loch aus Sehnsucht und Verlangen, wie sie es nie für möglich gehalten hatte.

Paris, mon amour

Für Blitzentscheidungen bekannt, suchte Maja bald drauf an einem späten Freitagnachmittag das Reisebüro auf, um wieder einmal für ein paar Tage zu verschwinden. Beim Blättern durch die Kataloge fiel ihr ein Sonderangebot nach Paris in die Hände, welches ihr Herz sofort höher schlagen ließ.

Zwei Tage später, also schon am Montag darauf, stieg sie in den Bus. Dass in Nürnberg noch einmal Umsteigen angesagt war, störte sie herzlich wenig. Es zwang sie ja niemand, nähere Kontakte mit den anderen Reisenden zu knüpfen, die von da nach Kroatien und in den Rest der Welt fahren wollten.

Sie bekam einen Platz im unteren Teil des Doppelstockbusses, der sie direkt nach Paris bringen und dort mit der Gruppe ein paar Tage lang zu allen Sehenswürdigkeiten fahren sollte. Bei strahlendem Sonnenschein und bester Laune schaute Maja ein paar Stunden aus dem Fenster, bis ihr irgendwann in der Nacht die Augen zufielen.

Mit dem Sonnenaufgang war auch Maja wieder wach und stellte an den ungewöhnlich beigefarbenen Rindern auf den Weiden fest, dass man bereits auf französischem Boden war. Kurz darauf bog der Bus zu einem Parkplatz ein. Ausnahmslos alle

Reisenden nutzten die halbe Stunde, mit leichten gymnastischen Übungen die verspannten Muskeln zu lockern. Dafür, dass alle etwas übernächtigt aussahen, waren sie ausnahmslos gut drauf und genossen die wärmenden Sonnenstrahlen. Ein Becher Kaffee kurbelte zudem den Kreislauf an.

Hin und wieder fuhren sie über Landstraßen und durch Städte, deren wundervolle alte Bauwerke Maja vollends begeisterten. Sie freute sich immer mehr auf die französische Metropole mit ihren geschichtsträchtigen Gebäuden. Doch zuerst setzten sie einige Urlauber direkt am Disneyland ab, die dort ihr Hotel bezogen. Dann ging es vorbei am Schlumpfland Richtung Paris, wo das kleine Hotel *Dauphine Saint-Germain* in unmittelbarer Nähe der Seine, des Pont Neuf, des Boulevards Saint-Germain, Saint-Michel und der Bastille auf die Reisegruppe wartete.

Rasch brachte Maja ihre Tasche aufs Zimmer, um genau so schnell wieder auf die Straße zu gehen, weil sie keinesfalls die Stadtrundfahrt verpassen wollte.

Die Fahrer hatten inzwischen wieder gewechselt, die Passagiere waren hellwach und so rollte der Bus langsam durch die Straßen an der Seine. Maja, als absolute Liebhaberin der Bücher von Alexandere Dumas und Auguste Maquet um die Abenteuer der *Drei Musketiere*, freute sich, wenn die vielen Straßennamen und Orte plötzlich ein authentisches Gesicht bekamen.

Die Blümchengedanken schmunzelten, sah es doch im Augenblick ganz so aus, als solle es eine rein literarische Reise werden.

Vorbei am Arc de Triomphe de l'Étoile, dem Obelisken von Luxor auf der Place de la Concorde in Paris, ging die Fahrt weiter zum Marsfeld.

Maja fotografierte und notierte, was immer an Informationen auf sie einstürmte. Der 250 Tonnen schwere ägyptische Monolith aus Granit erinnerte sie an Horus, ihren Schutzgott. Der 23 Meter hohe Obelisk stammte aus dem 13. Jahrhundert vor Christus und war 1836 an seinen neuen Standort in Europa gelangt. Maja seufzte, irgendwo traf sie immer auf Dinge, die sie sehr direkt berührten.

Sie beschloss, sich das Marsfeld, Champ de Mars, auch als Parc du Champ de Mars bezeichnet, aus der Vogelperspektive vom Eiffelturm herab anschauen, um ein genaueres Bild zu bekommen. Ursprünglich hatte es militärischen Zwecken gedient und war später mehrfach für Ausstellungen genutzt worden.

Soeben erklärte die Reiseleiterin, dass man am nächsten Tag den Eiffelturm besichtigen und heute lieber noch dem Invalidendom, der das Grabmal Napoleons I. beherbergt, und dem Künstlerviertel Montmartre einen Besuch abstatten wolle.

Am späten Abend kehrten sie mit unzähligen Eindrücken und wissenswerten Informationen zum Hotel zurück. Maja, die nur Frühstück gebucht hatte, begab sich auf eigene Faust auf die Suche nach etwas Essbarem. Sie wanderte also ziellos durch die Straßen und fand ein kleines Lebensmittelgeschäft, wo sie auch 23 Uhr noch ganz entspannt Getränke und Snacks kaufen konnte. Nach Mitternacht fiel sie wie ein Stein ins Bett und schlief auf der Stelle ein.

Natürlich war sie sechs Uhr schon wieder hellwach und begab sich eine Stunde später in den Speisesaal. Mit Bedauern stellte sie fest, dass der Kaffee typisch französisch war, und dem Ruf, der diesem vorauseilte, in allen Punkten gerecht wurde.

Nach den ersten Schlucken stufte sie ihn ebenfalls als untrinkbar ein und hielt sich ab sofort an heiße Milch. Die Croissants hingegen schmeckten fantastisch, was Maja über den freiwilligen Kaffeeentzug hinwegtröstete.

Wie gut das Gebäck auch allen anderen Anwesenden mundete, stellte sie anhand der Lautäußerungen einer größeren Gruppe Koreaner fest, die gerade den Saal gestürmt hatte und das Wohlbehagen durch traditionelles lautes Schmatzen kundtat.

Halb belustigt, halb genervt, aber auf alle Fälle gesättigt, trat Maja den Rückzug an, um noch eine halbe Stunde an der Seine spazieren zu gehen, ehe die Tagesausflüge anstanden.

Pünktlich saß sie wieder auf ihrem Platz im Bus, freute sich über das herrliche Wetter, welches schon seit der Ankunft wohlige 30 Grad zu bieten hatte, und schaute mit Interesse der ersten Tagesstation, dem Notre-Dame de Paris, entgegen, dem die Kathedrale von Amiens, vom Portal her, unglaublich ähnlich sieht, wie Maja schon auf der Anreise nach Paris staunend feststellte.

Kaum war sie aus dem Bus gestiegen, lichtete sie das imposante Bauwerk von allen Seiten ab. Natürlich auch von innen, wo sie gleich noch eine Kerze entzündete, was ihr sehr am Herzen gelegen hatte. Die Zeit in der Warteschlange nutzte sie, um die Personen ringsumher zu beobachten. Während die einen mürrisch dreinschauten, eben weil sie anstehen mussten, schienen andere, wie auch sie, darauf vorbereitet gewesen zu sein. Ob am Veitsdom in Prag oder der Kathedrale Notre-Dame-Immaculée in Monaco, überall musste mit Wartezeiten gerechnet werden, ehe man eintreten konnte, um sich von der Stille der beeindruckend hohen Kirchenschiffe und ihrem butzenglasgefilterten milden Licht einfangen zu lassen.

Der nächste Weg führte direkt zum Eiffelturm, wo die Warteschlange um ein Vielfaches länger war und sich in Mäandern unterhalb des Turmes wand. Immer wieder der bange Blick zur Uhr, denn es stand nicht gerade üppig Zeit zur Verfügung.

Am Ende meinte es das Schicksal wieder gut mit Maja. Um wertvolle Minuten zu sparen, fuhr sie mit einem der Lifte zum höchsten Punkt und umrundete fotografierend den ganzen Turm auf jeder erreichbaren Aussichtsplattform. Dann musste sie sich sputen, denn sonst wäre der Bus ohne sie abgefahren. Wenige Augenblicke vor Ablauf der Frist saß sie vollauf zufrieden auf ihrem Platz, auch wenn sie es nicht mehr geschafft hatte, in einen der Souvenirläden auf dem Turm zu gehen. Dafür hatte sie lieber länger den grandiosen Ausblick genossen und wundervolle Fotos gemacht.

Für den Abend hätte die Möglichkeit bestanden, an einem Candellight-Dinner auf einer der Seine-Inseln teilzunehmen. Maja hatte keine Lust, allein dort zu hocken und den verliebten Paaren beim Turteln zuzuschauen. Sie ging lieber noch zwei Stunden an der Seine spazieren, ehe sie den direkten Weg zur Bar ihres Hotels einschlug, um in ruhiger Atmosphäre ein Glas Wein zu trinken.

Sie enterte also einen der Polsterhocker, bestellte einen Schoppen Château Moulin Delille und ließ die Gedanken fliegen. Worauf sich die kleinen Biester in alle Winde zerstreuten und Maja buchstäblich mit sich und dem edlen Tropfen allein blieb, was sie sichtlich genoss. Sie ließ das Glas langsam kreisen, versetzte den Wein in einen kleinen Strudel, wodurch er noch einmal an Geschmack gewann, ehe sie ihn andächtig kaute, als sei sie bei einer Verkostung.

Dann fühlte sie sich plötzlich beobachtet, ohne dass ihr das unangenehm gewesen wäre. Sie versuchte, an der Bar aus den Augenwinkeln zu ergründen, was hinter ihr geschah. In den Spiegelungen auf Flaschen und Gläsern konnte sie nicht viel erkennen, sodass sie beschloss, sich einen anderen Platz zu suchen.

Allerdings war das einfacher gesagt, als getan. Denn bei ihrer Körpergröße grenzte das an akrobatische Einlagen, um nicht völlig albern dabei zu wirken. So rutschte sie nun doch etwas unruhig auf ihrem Hocker zur Kante und überlegte, auf welche Weise sie am elegantesten auf den Boden gelangen konnte.

„Darf ich Ihnen behilflich sein?", fragte eine tiefe männliche Stimme.

„Gern." Maja wandte sich dem Fremden zu und hatte Mühe, nicht vor Überraschung vom Barhocker zu fallen. Neben ihr stand, mit einem strahlenden Lächeln, ihr gutaussehender, geheimnisvoller Liebster. Er trug einen dunklen Anzug, wie ein sehr erfolgreicher Geschäftsmann, der hier seinen wohlverdienten Feierabend einzuläuten gedachte. Ob es seine reale Erscheinungsform war, wusste sie nicht. Sie fühlte es aber instinktiv.

„Ich musste dich einfach wiedersehen", verriet er, sich mühelos auf den hohen Hocker neben ihr setzend.

Schmunzelnd ließ er es über sich ergehen, wie sie ihn mit Blicken geradezu abtastete. Dabei bemerkte er durchaus die tiefe Zufriedenheit in ihren Gesichtszügen. Ihr schien es nicht das Mindeste auszumachen, dass er nicht so jung war, wie er sie bisher hatte glauben lassen.

„Hast du etwas Zeit für mich?"

„Für dich immer", blinzelte Maja. „Und wenn ich sie nicht habe, dann nehme ich sie mir. Ich habe dich schon schmerzlich vermisst. Nacht für Nacht grübele ich, wie es dir wohl gehen mag."

Er blinzelte zurück. „Lust darauf, gemeinsam darüber nachzudenken?"

„Nichts lieber, als das!" Ihre Augen funkelten mit den Gläsern unter den Spotlights der Bar um die Wette.

Er bestellte Sekt und sie blieben noch eine Stunde sitzen, um sich angeregt über ganz alltägliche Themen zu unterhalten.

Als er ihr schließlich die Hand reichte, um ihr beim Aufstehen zu helfen, begannen die Schmetterlinge in ihrem Bauch, aufgeregt hin und her zu huschen. Sie war sicher, dass er genau das halten werde, was er, ohne Worte darüber zu verlieren, versprochen hatte.

Mit fünf Minuten Abstand folgte sie ihm zu seinem Zimmer, um beim Anklopfen festzustellen, dass sie sehr befangen reagierte.

Er schien es zu bemerken, bat sie herein, überspielte geschickt die Situation und hielt es recht schnell für sinnvoll, direkt zur Hauptsache des Abends zu kommen. Also zog er Maja auf seinen Schoß und legte damit geradezu einen Schalter um, der sie in den Kuschelmodus versetzte. Die Schmetterlingsgedanken falteten andächtig die Flügel.

Maja genoss es, wie er ihr die Kleider abstreifte, ihren Hals küsste und wie seine Lippen tiefer und tiefer wanderten. Seine Zunge huschte zwischen ihre Schenkel, versetzte sie in einen Rausch, den sie mit tiefem Seufzen auskostete.

„Ich habe dir etwas mitgebracht", raunte er ihr ins Ohr, die Schublade seines Nachtschränkchens öffnend. „Ich hoffe, du magst es."

Maja hielt die Augen geschlossen, hörte das Knacken von Kunststoff und fühlte einen Wimpernschlag später kühles, schweres Metall an ihrem Hals, dem auch ein Hauch Lederduft entströmte.

Erstaunt betastete sie die Gabe und erschrak ein wenig, weil es sich um eine Kettenhalsfessel mit dem typischen Ring zum Anbringen von Hand- und Fußfesseln handelte. Doch schon im nächsten Moment siegten Neugier und Lust.

„Hmmm, ich möchte sie sofort anlegen",
schnurrte sie katzenhaft, das verstellbare Leder-
band durch die Schnalle fädelnd.

Das ausnehmend gutaussehende Geschenk hatte
etwas Sündiges, Verruchtes und brachte Maja
sofort auf angenehme Ideen, nicht nur für diese
Nacht. Aber für die hatte auch ihr Geliebter genügend kreative Gedanken, die Maja nur zu gern mit
ihm in die Tat umsetzte.

Rittlings auf seinen Schenkeln sitzend, seine
Hände und Blicke auf ihrem Körper genießend,
erlebte sie die wilde Lust, die sie jedes Mal spürte,
wenn sie mit ihm zusammentraf. Mit gleicher
Münze zahlte sie seine zutiefst erfüllende Zungen-
fertigkeit zurück, schlängelte sich in seinen Armen,
um seinen heißen Körper möglichst ganzflächig

auf ihrer Haut zu spüren und bekam große Augen, als der Wecker vier Uhr anzeigte und es Zeit wurde, ungesehen zu verschwinden, um vielleicht noch eine Stunde Schlaf nachzuholen.

Beim überaus zärtlichen Abschiedskuss drückte er ihr noch etwas in die Hand, wobei er flüsterte: „Damit du auch angenehme Gedanken an mich hast, wenn du nicht bei mir sein kannst."

Maja schmiegte sich noch einmal fest an, dann huschte sie aus dem Zimmer. Unbemerkt erreichte sie ihre Etage, schlüpfte durch die Tür, schloss ab und betrachtete erstaunt, was sie in den Händen hielt, und was vom matten Schein des Nachttischlämpchens soeben aus dem Dunkel geschält wurde.

Damit werde sie ganz sicher angenehme Gedanken an ihren Liebsten haben – er hatte ihr ein heftig vibrierendes Sexspielzeug zukommen lassen. Sie verstaute es rasch in ihrer Tasche und schlief ein, kaum dass ihr Kopf das Kissen berührte.

Der Weckton des Handys riss sie jäh aus den wundervollsten Träumen. Maja sprang aus dem Bett, duschte und versuchte, im Schnelldurchgang vor dem Spiegel aus einer Eule einen Schwan zu zaubern. Sie begnügte sich schließlich mit dem Zustand Ente, um ganz in Ruhe frühstücken zu können. Wobei sie inständig hoffte, ihr Liebster möge plötzlich erscheinen. Maja begriff, dass sie ihm bereits mit Haut und Haar verfallen war.

Auf der Fahrt nach Disneyland hockte sie im Bus, träumte vor sich hin und bekam heftiges Herzklopfen, als das Handy eine eingehende Nachricht vermeldete. Sie hatte sich nicht geirrt. Es war ein Gruß ihres Liebsten in der realen Welt.

Der Tag im Vergnügungspark riss Maja aus den trüben Lebewohlgedanken. Die Schmetterlinge schienen in der Nacht, ob der Kreativität der Liebenden, mit Staunen beschäftigt gewesen zu sein, und lagen wohl noch im Tiefschlaf, statt ihr traurige Flausen in den Kopf zu setzen. So stürzte sich Maja in den Trubel der Attraktionen, um den Tag in vollen Zügen zu genießen.

Ob Geisterhaus, Piratenschiff, Achterbahn oder Fahrt mit dem Dampfer, Maja hatte ihren Spaß. Selbst das Labyrinth mit der Grinsekatze meisterte sie, auch wenn es etwas länger dauerte. Dafür drehte sie dann gleich zwei Runden mit den verrückten Kaffeetassen, ehe sie sich gegen 22:45 Uhr zum Bushalteplatz begab, von wo aus die direkte Heimreise angetreten werden sollte. Noch immer waren 31 Grad Celsius und kaum eine hatte mehr als kurze Hosen und ein Sonnentop mit Spaghettiträgern an.

Die Klimaanlage arbeitete auf Hochtouren, kaum dass alle ihre Plätze eingenommen hatten. Da auf der Heimfahrt nur etwa jeder zweite Platz besetzt war, verteilten sich die müden Passagiere so, dass sich jeder, der wollte, auf zwei Sitzen liegend, ein Schlafnest bauen konnte.

Auf Straßen und Autobahnen herrschte kaum Verkehr und so kam man zügig voran. Die sinkenden Nachttemperaturen hielten das Geräusch der Klimaanlage in erträglichen Grenzen.

Ein paar Stunden später hörten die Temperaturen plötzlich gar nicht mehr auf, zu sinken, und das Wetter begann sich, je näher man heimatlichen Gefilden kam, gründlich zu ändern.

Es fing zu regnen an und immer finsterere Wolken brauten sich zusammen, aus denen wahre Sturzbäche herab rauschten. Die Temperaturen rasten endgültig in den Keller. Das Thermometer zeigte mit Mühe zwischen 14 und 16 Grad Celsius an. Der Busfahrer regelte die Klimaanlage auf etwas über 20 Grad Celsius ein, um den Passagieren das Frieren zu ersparen, denn die Koffer lagen ja unerreichbar im Bauch des Fahrzeugs. Ein ungeplanter Zwischenstopp kam nicht infrage.

Majas Endhaltestelle hätte eigentlich mitten in der Stadt gelegen. Eigentlich. Denn plötzlich kam die Reiseleiterin und erklärte ihr, dass man sie und drei andere Passagiere mit einem PKW auf einem Rastplatz aufnehmen und direkt bis vor die Haustüren fahren werde, damit sich niemand den Tod bei diesem Wetter hole.

Maja atmete erleichtert auf und ist noch heute aus ganzem Herzen dankbar für die überaus großzügige Geste des Reiseveranstalters.

Fort A Famosa

Eine andere Busreise toppte allerdings noch die Ungewöhnlichkeitsskala, nämlich jene von Singapur nach Malakka an der Westküste Malaysias. Auf den rund 200 Kilometern in einem supermodernen Reisebus der Gesellschaft KKKL saßen nämlich nur ganze drei Passagiere im Fahrzeug – Maja mit Mann und Tochter.

Maja hatte die Vorstellung von unberührtem Urwald im Hinterkopf und sah sich brutal auf den Boden der Realität geholt, als man durch endlose Monokulturen von Ölpalmen fuhr, die genau genommen trostloser wirkten als die arabischen Sandwüsten. Erst jetzt wurde ihr wirklich bewusst, was der Mensch hier vernichtet hatte, um dem Profit zu huldigen. Seit jenem Tag fühlte sie unterschwellig Abscheu gegen alles, worin Palmöl enthalten ist, was leider erschreckend viele Produkte sind.

Interessanter als die monotonen Ölplantagen, empfand sie da schon den Fahrstil der Einheimischen auf der Autobahn. Es passierte auf den 200 Kilometern viel, aber für die Art des Fahrens immer noch erstaunlich wenig, aber umso schwerwiegender. Sie hatte noch nie so viele verunfallte, brennende Ferrari gesehen, wie auf dieser Straße.

Auf etwa der Hälfte der Strecke rastete der Busfahrer und die Reisenden hatten die Gelegenheit zur Toiletten- und Einkaufspause. Natürlich lichtete Maja den Bus wieder von allen Seiten ab, um ein paar greifbare Erinnerungen an jenen denkwürdigen Ausflug zu haben.

Gleich nach der Ankunft am großen Busbahnhof lotste sie ihre Tochter, die den Tagestrip geplant hatte, zu einem Taxi, welches sie ins Zentrum Malakkas brachte, von wo aus man viele Sehenswürdigkeiten gut zu Fuß erreichen konnte.

Warum die Stadt zum Weltkulturerbe gehörte, war Maja schon auf den allerersten Metern klar. Dicht an dicht drängten sich geschichtsträchtige Gebäude und Freiluftexponate mehrerer vergangener Jahrhunderte und kriegerischer Zeiten. Vorbei an Panzerfahrzeugen, Flugzeugen, Eisenbahnwagen und Kanonen, gelangten sie zu den wenigen erhaltenen Resten des Forts A Famosa aus dem 16. Jahrhundert, neben welchem in unmittelbarer Nähe eine Replik des alten Sultanspalastes steht.

Im Jahre 1511 hatten die portugiesischen Eroberer um den Hügel an der Flussmündung eine imposante Wehranlage errichtet, um sich verteidigen zu können. Selbige wurde 1641 von den Niederländern geschleift und später von den Engländern teilweise restauriert.

Hinter dem Fort steigt der Weg steil zur Ruine der St. Pauls Kirche an. Auf dem Außengelände des alten Gotteshauses spielen Straßenmusikanten und fliegende Souvenirhändler bieten ihre Waren feil.

Im Inneren der Kirchenruine zeugen kunstvoll gearbeitete Grabsteine vom bewegten Leben der europäischen Eroberer. Die ursprüngliche kleine

Kapelle der Portugiesen war Ende des 17. Jahrhunderts ausgebaut und in St. Pauls umbenannt worden. Ein Jahrhundert vorher war hier der Leichnam des heiliggesprochenen Missionars Franz Xaver aufbewahrt gewesen, den man neun Monate später nach Goa in Indien brachte.

Maja las die Inschriften der Grabsteine sehr genau. Vor ihrem geistigen Auge blähten sich graue Segel im Wind, Warenkisten stapelten sich im Bauch von Karacken und Kanonendonner erklang.

Sie fotografierte einige der interessantesten Inschriften, dann wanderten sie auf der anderen Seite den Hügel wieder herab, um in eine Welt der grellbunten Fahrradrikschas mit quäkender Musik einzutauchen.

Am Malacca River, der die Stadt teilt, reihten sie sich in die Schlange jener ein, die Tickets kaufen wollten, um mit einem Boot den Fluss zu erkunden. Bis zur Abfahrt blieb noch reichlich Zeit und so besichtigten sie die restaurierten Überbleibsel des Forts, die Kanonen, das alte Wasserrad und alles, was ihnen noch vor die Augen kam.

Maja schwärmte besonders von den unzähligen Gewächsen, die sie bisher nur in Blumentöpfen als Zimmerpflanzen kannte. Ob Monstera, Efeutute oder Bromelie, auf jedem Meter gab es etwas zu bestaunen. Das setzte sich dann nahtlos zu beiden Ufern des Flusses fort, wo die Hausfassaden von Künstlern ganzflächig farbig gestaltet worden waren. Das hinderte Maja aber nicht daran, den großen Waran im Wasser zu bemerken, der sich unter einem Bootssteg zu verstecken suchte.

Natürlich beugte sie sich weit vor, um gute Bilder zu bekommen, was ihre Bootsführerin aufmerksam werden ließ. Die stoppte kurzerhand und manövrierte das Wasserfahrzeug in eine Position, in der Maja beste Sicht hatte. Erst jetzt begriffen die anderen Ausflügler, dass es noch anderes, als Häuser, zu sehen gab.

Ein paar Kilometer weiter erreichten sie mehrere wunderschöne Brücken, von denen eine ganz sicher auch nach Venedig gepasst hätte – die Brücke an der Jambatan Old Bus Station, neben welcher auch noch ein interessantes Riesenrad zu sehen war.

Maja wechselte rasch den Speicherchip, um auf der Rückfahrt das andere Ufer Stück für Stück fotografieren zu können. Nebenbei beobachtete sie mit Sorge den Himmel, wo dunkle Wolken aufzogen.

Das Gewitter brach allerdings erst über sie herein, als sie wieder an Land waren und überlegten, was man als Nächstes anschauen könne. Bis dahin hatte die Sonne unbarmherzig heruntergebrannt und Maja, die eigentlich Wärme mochte, nur eben nicht so feuchte wie hier, hatte das Gefühl gehabt, sie brenne ihr gleich das Fleisch von den Knochen.

Da viel Museen gerade geschlossen hatten und man sich mit den Freiluftexponaten begnügen musste, beschloss man, des heftigen Gewitters wegen, mit einem Taxi zurück zum Bushalteplatz zu fahren und das dort ganz in der Nähe befindliche Einkaufszentrum heimzusuchen, um die letzte Stunde bestmöglich zu nutzen.

Die Fahrt zurück nach Singapur gestaltete sich dann wirklich abenteuerlich, denn dieser Bus war voll! Inder und Pakistani auf Heim- oder Arbeitsweg nach irgendwohin, dazwischen die drei Europäer auf Sightseeing-Tour. Der Fahrer des Busses unterwegs fast ausschließlich mit Telefonieren beschäftigt.

Lange Rede, kurzer Sinn: Er hatte mit einem befreundeten Fahrer einer anderen Gesellschaft abgesprochen, die drei Reisenden an diesen abzugeben, weil er keine Lust hatte, wegen der drei nach Singapur hinein zu fahren, und der andere sowieso dahin musste. Also hielt man kurzerhand in einer Nothaltebucht auf der Autobahn und tauschte ganz einfach Insassen aus.

Nun hatte Maja aber schon die Zoll- und Einreisetickets ausgefüllt und mit der eigentlichen Busnummer beschriftet … Mit Zittern und Zagen legte sie sie an der Grenze den Beamten vor.

Niemand störte sich daran. Diese wilden Tauschereien schienen also Gang und Gäbe zu sein, wie sie sehr erleichtert feststellte.

Etwas anderes beunruhigte sie da schon mehr – sie erlebte das erste Mal den Einsatz von Jagdfliegerstaffeln im Ernstfall. Die versuchten nämlich, Piraten aufzubringen, die einen riesigen Öltanker gekapert hatten. Das Dröhnen der Triebwerke würde sie so schnell nicht wieder vergessen. Genauso wenig, wie die schlimmen Unfälle auf den 200 Kilometern Autobahn.

Laurins Rosengarten

Auf der nächsten Tour wären schon die Gedanken an Unfälle der blanke Horror gewesen. Maja war nämlich per Bus auf den engen Serpentinenstraßen der imposanten Dolomiten in Südtirol unterwegs.

Ein bunt gemixtes Völkchen von vorwiegend 50 Plus hatte den Bus am Treffpunkt zur Abreise geentert. Maja hatten einen Platz direkt am Fenster der rechten Seite und beobachtete, wie immer, was abseits der Autobahn auf Wiesen und Feldern passierte.

Mit Freude stellte sie fest, dass es diesmal, statt der üblichen Landkarte auf den beiden Monitoren, die Übertragung von der Livecam zu sehen gab.

Bis zur Holledau ging es auch recht flott voran, wo die Dauerbaustelle dann nur noch Tempo 60 vorgab. Zumindest rollte der Verkehr fast reibungslos. Auf den zwei kurzen Staustopps entdeckte Maja mehrere Pirole und Kaisermantel-Falter. Es schien der Tag der gelben Tiere zu sein, wie sie schmunzelnd konstatierte. Daraufhin färbten sich die Schmetterlingsgedanken mit einem Grinsen um und wagten es, als Schwalbenschwänze zu erscheinen. Maja grinste innerlich ziemlich breit zurück.

Der Busfahrer wählte die Route direkt durch München, vorbei am Olympiastadion, um dem wirklich großen Stauchaos zu entgehen, was ihm auch vortrefflich gelang. Zurück auf der Autobahn rollte der Verkehr wieder reibungslos und bald schon durchquerten sie Garmisch-Partenkirchen, überquerten die Grenze zu Österreich und fuhren weiter nach Seefeld. Von da ging es weiter über Zirl, Innsbruck und die Europabrücke zum Brennerpass.

An der Brücke wurde eine kurze Pause eingeschoben, die die einen für dringende Bedürfnisse und die anderen, wie Maja, zum Fotografieren nutzten. Bei wundervoll blauem Himmel und strahlendem Sonnenschein ein Vergnügen, das Maja nicht versäumen mochte.

Schon die Spuren der alten Römerstraßen waren es wert, sich näher mit der Gegend hier zu befassen. Wobei Maja heimlich hoffte, auf diesen alten Wegen Iulius Cäsar wiederzutreffen, der ihr in Sirmione himmlische Wonnen bereitet hatte. Die Schwalbenschwänze horchten auf.

Am späten Nachmittag erreichten sie Klausen im Eisacktal und der Bus begann, den Bergzug zu erklimmen. Maja bekam große Augen beim Blick in die Tiefe, als der Aufstieg gar kein Ende mehr zu nehmen schien und sich eine Spitzkehre an die nächste reihte. Vorbei an blütenbedeckten Maronenbäumen erreichten sie schließlich auf rund 850 Metern Höhe das Hotel *Egger* im malerischen Ort Villanders oder auf Italienisch Villandro.

Majas Begeisterung stieg mit jedem Schritt, kaum dass sie den Bus verlassen hatte, denn ihr Zimmer hatte einen Balkon zur Talseite, von wo aus ein grandioser Blick auf den Ort in der Tiefe und die gegenüberliegenden Bergmassive war.

Ähnlich spektakulär war die Aussicht im Panoramaspeisesaal und aus dem gepflegten Garten mit großem Pool, welchen Maja mit Wohlgefallen erspähte. Natürlich hielt sie es nach dem Abendbrot nicht lange im Hotel aus, griff sich ihre Kamera und erkundete flugs die nähere Umgebung, welche ihr ein wohliges Lächeln ins Gesicht zauberte. Felsen, Felsen und noch mehr Felsen, dazwischen Schluchten, Täler, unendliche Wiesen und das Läuten der Glocken der Weidetiere, das von beinahe überallher erklang.

Urlaub, jubelten die Schmetterlingsgedanken, als Maja abends mit einem Becher Rotwein auf dem Balkon saß und fasziniert in Runde schaute, wie es langsam immer dunkler wurde, überall die Lichter angingen und ringsumher alles in geheimnisvollen milden Schein getaucht zu sein schien.

Der nächste Morgen sah eine Maja voller Tatendrang, die ihren blauen Rucksack für die erste große Tagestour packte und gleich mehrmals kontrollierte, ob sie auch wirklich Kamera, Zusatzakku und Speicherkarten eingesteckt hatte. Dann wand sich der Bus auch schon über die zehn Spitzkehren ins Tal hinab.

Auf halber Höhe thronten die Burg Branzoll und der 500 Jahre alte ehemalige Bischofssitz Säben, der heute ein Kloster ist. Nach dem Umzug des Bischofs blieb Säben eine bischöfliche Wehrburg und war für rund 200 Jahre Sitz des Richters von Klausen und Verwaltungsmittelpunkt der südlichsten Gebiete des Bistums Brixen.

Andreas, der einheimische Reiseleiter, gab sein umfangreiches Geschichtswissen kund und Maja notierte fleißig mit. Natürlich auch, dass Brixen der Hauptort des Eisacktals und seit der Zeit um 901 Bischofsstadt ist. König Ludwig IV. hatte dem Bischof Zacharias den Meierhof Prichsna, geschenkt, aus welchem später Brixen entstand. Der Ort Klausen hatte damals als Zollstation der Bischöfe fungiert.

Maja bannte auf dem Stadtrundgang in Brixen alles auf Speicher, was ihr vor die Linse kam: den Bischofsgarten, den Dom mit seinen gelben Türmen, die Hofburg und Details der zauberhaften verwinkelten alten Gassen.

Anschließend brach die Reisegruppe Richtung Kastelruth zur Seiser Alm auf. Unterwegs entdeckte Maja wieder unzählige Naturschönheiten, die geradezu um die Wette blühten, wie den filigranen elfenbeinfarbenen Seidelbast.

Die Fahrt endete auf dem Parkplatz an der Talstation der Umlaufbahn zur Seiser Alm. Die mit ebenjener Bahn in einer fast 20-minütigen Fahrt zu erreichen ist. Das Einsteigen bei langsamer Fahrt, amüsierte Maja besonders, weil es sie an einen Paternoster erinnerte.

Logisch, dass ihr gleich wieder unzählige Witzbilder einfielen, auf denen die Passagiere auf dem Kopf stehend herunterkamen, wenn sie oben das Aussteigen aus diesem Ding verpasst hatten.

Die Wahnsinnsaussicht aus der runden Gondel nahm Maja aber schon nach wenigen Metern völlig gefangen. Besonders die Ruine der Burg Hauenstein aus dem 12. Jahrhundert fiel ihr sofort ins Auge, weil sie hell aus dem dichten Wald am Berghang am Schlern herausleuchtete, der sich selber hinter Schleierwolken versteckte.

Die Schmetterlingsgedanken kicherten. Die ehemaligen Herren der Burg musste man wohl auch nicht wirklich näher gekannt haben. Der spätmittelalterliche Dichterkomponist Oswald von Wolkenstein erbte ein Drittel der Burg von seinem Großvater, Eckhard von Villanders. Die beiden anderen Teile gehörten dem Ritter Martin Jäger.

Oswald besetzte irgendwann die Burg und nach jahrelangem Kampf mit seinem Widersacher bekam er auch noch den alleinigen Besitz der Burg als Entschädigung. Obendrauf hatte er dadurch wieder neuen Geschichtenstoff, wie das Hauensteinlied des Minnesängers beweist, das in jenen kriegerischen Jahren entstanden war.

Maja schmunzelte. Ob Oswald wohl ahnte, das Jahrhunderte später eine mittelalterverrückte Schriftstellerin ein paar Zeilen über ihn verlieren würde? Die Umlaufbahn schwebte weiter und die Burg glitt langsam aus Majas Gesichtsfeld. Dafür weitete sich der Blick, je höher sie kam, auf die herrlichen Gebirgsketten, die die Seiser Alm umschlossen.

Mit einer Größe von rund 56 Quadratkilometern ist sie die größte Alm Europas und wartet mit unglaublicher Schönheit auf. Der Rundumblick fällt auf den Schlern, die Roterdspitze und die Rosszähne im Südwesten. Auf die Langkofelgruppe im Südosten, Puflatsch und Pizberg Richtung Gröden. Im Westen liegt das Schlerngebiet.

Mittendrin stand Maja, nachdem sie die Gondel verlassen hatte, und genoss die vielen neuen Eindrücke. Gemeinsam mit der Gruppe und dem Reiseleiter besichtigte sie die moderne, vorwiegend aus Holz und Glas erbaute Franziskuskirche, wo sie sofort die Spuren verschiedener Tiere auf dem Fußboden entdeckte.

Nur gut, dass sie sich eines der ausliegenden Heftchen mitgenommen hatte. Sonst wäre sie glatt vor Neugier geplatzt, was es damit wohl auf sich hatte. Durch eine ihrer Wandergefährtinnen angeregt, schaute sie gleich unterwegs nach und wurde tatsächlich fündig.

Sie hatte sich den beiden flotten Schrittes wandernden Damen angeschlossen, um unterwegs ein wenig Gedankenaustausch zu haben und Eindrücke teilen zu können, zumal sechs Augen mehr entdeckten als zwei.

Über wundervoll blühende Magerwiesen führte der Pfad und nach einigen Kilometern lud die Ritsch Schwaige zu einer Pause ein. Maja bestellte, entgegen ihrer sonstigen Gewohnheit, Espresso mit einer Kugel Orangeneis darin und hatte damit den ultimativen Griff getan. Mit selig verdrehten Augen ließ sie die Köstlichkeit auf ihrer Zunge zergehen.

Noch ein paar Minuten Verschnaufen, dann begaben sie sich auch schon auf den Rückweg, um pünktlich an der Gondel zu erscheinen, weil ja noch 20 Minuten Rückfahrt zum Bus anstanden.

Und weil alle vor Ablauf der vereinbarten Frist eintrafen, lud Andreas zu einem außerplanmäßigen Stopp in Kastelruth ein, was ausnahmslos mit Freude begrüßt wurde.

Nach einem kurzen Besuch am Friedhof, wo Maja gleich wieder eine Eidechse zwischen den gepflegten Gräbern entdeckte, besuchten sie die Kirche, schlenderten über den Marktplatz davor, wo gerade ein kleines Fest mit einem Radiosender und Bauernmarkt stattfand, um auf der anderen Seite der Gassen zurück zum Bushalteplatz zu gehen. Mit Musik der Kastelruther Spatzen traten sie schließlich die lange Heimfahrt zum Hotel an.

Maja lud noch am Abend alle Akkus nach und kontrolliert sorgsam, ob im Rucksack die gewohnte Ordnung herrschte. Immerhin sollte der nächste Ausflug, eine Rundfahrt durch die westlichen Dolomiten, den Besuch der Seiser Alm noch übertreffen.

Diesmal ging es durch die Eggentaler Schlucht, die als Eingang in das gewaltige Reich der Dolomiten gilt. In der finsteren Enge zwischen den Felsen stellte sich Maja vor, welch Strapaze es vor Jahrhunderten gewesen sein muss, zu Pferd oder Esel zu reisen. Zumal die Trutzburgen Karneid und Kampenn, auf ihren unzugänglich wirkenden

Hügeln, sicher nicht gerade wenig Bedarf an Nahrungsmitteln und Feuerholz gehabt hatten.

Am Karersee, hoch in den Bergen, war der erste Halt des Tages. Durch einen Tunnel gelangte die Gruppe vom Parkplatz, der jetzt noch fast leer war, direkt ans Wasser. Maja stockte der Atem – unglaublich klar bis zum Grund, glatt wie gefroren und wundervoll blaugrün präsentierte sich die Wasserfläche, welche die, im Sonnenlicht schneeweiß strahlenden, Dolomitfelsen und den dunklen Wald davor wie ein Spiegel wiedergab. Maja nahm die idyllische Landschaft in einem Video auf, weil ein Foto einfach nicht genügt hätte, um all diese Eindrücke einzufangen.

Auf der Weiterfahrt erzählte Andreas mit bewegten Worten die Sage von Laurins Rosengarten, von der, wie in allen Überlieferungen, mehrere abweichende Varianten existieren.

So lud einst der König an der Etsch alle Adeligen der Umgebung zu einer Maifahrt ein, um einen Mann für seine wunderschöne Tochter Similde zu finden. Nur der Zwergenkönig Laurin war nicht benachrichtigt worden.

Er beschloss, bedeckt von seiner Tarnkappe, unsichtbar daran teilzunehmen und verliebte sich in die hübsche Prinzessin, die er kurzerhand zu Pferd in sein Reich entführte.

Simildes Versprochener machte sich natürlich auf die Suche nach seiner Braut und stand recht bald vor Laurins Rosengarten, denn niemand anders konnte für das Verschwinden der Prinzessin verantwortlich sein.

Laurin band seinen magischen Gürtel um, der ihm die Kraft von zwölf Männern verlieh, setzte seine Tarnkappe auf und glaubte, so unbezwingbar zu sein.

Allerdings verrieten ihn die sich bewegenden Rosen, als er zwischen ihnen herum sprang, und so packten ihn schließlich mehrere Ritter, zerbrachen den Gürtel und nahmen Laurin gefangen.

Laurin, verfluchte darauf seinen Garten. Weder bei Tag noch bei Nacht, sollte ihn jemals mehr ein Menschenauge sehen. Allerdings hatte er die Dämmerung vergessen, in der seit dem die blühenden Rosen im Sonnenuntergang für kurze Zeit erstrahlen.

Wer einmal das wundervolle Alpenglühen gesehen hat, kann bestens verstehen, weshalb dieser Gebirgszug Rosengarten heißt.

Nach einer Fahrt entlang der eindrucksvollen Gebirgskulisse, erreichte der Bus den zweithöchsten Pass der Dolomiten, das Pordoijoch. Maja musste nicht überlegen, ob sie mit der Seilbahn zur Pordoispitze hinauffahren wollte. Darauf hatte sie sich schon die ganze Zeit gefreut und wurde nicht enttäuscht.

Überall lagen noch verharschte Schneefelder, die Felsen funkelten regelrecht in der Sonne und so kam sie nicht umhin, ein kurzes 360 Grad Video aufzunehmen, um diese grandiose Kulisse immer wieder genießen zu können.

Fast von allein wanderten ihre Füße über das imposante Plateau in über 2800 Meter Höhe, an dessen einem Rand, wo es fast senkrecht in die

Tiefe ging, Hochseilartisten über dem Abgrund ihre fast unglaubliche Kunst zeigten.

Maja setzte sich auf einen Felsblock und schaute ihnen wie gebannt zu. Sie war sicher, dass das von hier oben, mit Blick in die Tiefe, noch spektakulärer wirkte, als von unten, von wo aus Seil und Menschen darauf, mit bloßem Auge kaum zu erkennen waren. Vor lauter Staunen vergaß sie fast, es zu fotografieren.

Mit einem winzigkleinen Stückchen Dolomit, kleiner als ein Daumennagel, in der Hosentasche als greifbare Erinnerung wanderte sie zurück zur Gondelstation, um in der Nähe des Parkplatzes noch in die Souvenirläden gehen zu können.

Dort hatte es ihr eine Kette mit fünf großen silbernen Edelweißblüten angetan. Nur war es keine Liebe auf den allerersten Blick und sie verließ mit leeren Händen das Geschäft. Der winzige Stein in ihrer Tasche, wog den Schmuck um ein Vielfaches auf.

Als alle Ausflügler eingetrudelt waren, ging die Tour weiter über den Campolongo Pass, von wo aus man die Marmolada, den, mit 3343 Metern, höchsten Berg der Dolomiten, eisbedeckt in der Sonne strahlen sehen konnte.

Maja entdeckte auf der Rast am Pass unzählige Blumenarten, zwischen ihnen sogar Enzian in voller Blüte. Einzig eine militärische Hubschrauberlandeübung trübte die landschaftliche Idylle hier oben, reizte aber Majas Fototalent, worauf geradezu spektakuläre Bilder entstanden.

Die letzte Etappe führte durch die atemberaubende Felsenlandschaft ins Grödnertal und von da ins Hotel.

Als Maja ihre Bilder sichtete, stellte sie überrascht fest, dass nirgends die unzähligen Feuerlilien richtig zu erkennen waren, die in großen Tuffs die Wiesen und Waldränder geschmückt hatten.

Auf der Alm, da gibt's koa Sünd

Am nächsten Morgen brachen sie in die Ostdolomiten auf und wie jeden Tag überwand der Busfahrer die zehn fast 180 Grad Kurven bis zur Talsohle nach Klausen, das seit 1308 Stadtrecht hat, mit Bravour und Sicherheit. Der Reiseleiter stieg zu und versorgte die Gruppe wieder mit unzähligen Informationen zu Geografie, Geologie und historischen Daten, der durchfahrenen Regionen.

Soeben durchquerten sie das Pustertal, um auf der großen Dolomitenstraße über Toblach den Misurina See zu erreichen, und die Rede kam auf Sigmund, den Münzreichen, von Österreich, der im 15. Jahrhundert Titularerzherzog von Österreich und Regent von Oberösterreich gewesen war und hier nicht nur der Jagd auf Wild gefrönt hatte.

Viel mehr hatte er wohl unter jedem Rock sein Vergnügen gesucht und, mit nachgesagten über 50 unehelichen Kindern, wohl auch reichlich gefunden.

Maja grinste in sich hinein. Die Schmetterlingsgedanken kicherten amüsiert. *Ja, ja, von wegen: Auf der Alm, da gibt's koa Sünd!*

Auf alle Fälle muss er ein toller Hecht, mit enormem Stehvermögen gewesen sein, gab Maja zurück. *Ich werde wohl etwas näher recherchieren müssen. Vielleicht bezieht sich sein Wahlspruch: „Laudanda est voluntas", ja darauf,* prustete sie los. *Für irgendwas muss er ja hoch gelobt worden sein,* worauf die aufgestachelten Gedanken in wieherndes Gelächter ausbrachen.

Trotz amüsanter Gedankenwälzerei gelang es Maja, den Ausführungen zur Franzensfeste zu folgen, die 1838 fertig gestellt worden war und immer als wieder beliebtes Zentrum von Spekulationen versteckter Schätze fungierte.

Doch schon zuvor war hier der Schauplatz großer Ereignisse gewesen. Ganz in der Nähe war 1809 ein Verband von mehreren hundert Tiroler Schützen unter Andreas Hofer in der sogenannten Sachsenklemme aufgerieben worden.

Auf der weiteren Fahrt offenbarten sich noch unzählige andere Kriegsschauplätze des 1. Weltkrieges. So der Monte Piana in den Sextener Dolomiten. Auf dem über 2300 Meter hohen Berg zeugen noch heute Stellungsanlagen, Schützengräben und Stollen auf beiden Seiten von einer furchtbaren Vergangenheit und können auf einem Rundweg besichtigt werden.

Der Reiseleiter wies an einigen Stellen darauf hin, wo Gipfel gesprengt worden waren, um feindliche Truppen matt zu setzen, weil man ihnen anders nicht beikommen konnte.

Maja scheuchte schließlich die finsteren Überlegungen beiseite und konzentrierte sich lieber wieder auf die unglaubliche Schönheit dieser Berge. Eine seltsame Sehnsucht, wie so oft, wenn sie die hohen Gipfel sah, bemächtigte sich ihrer.

Die Schmetterlingsgedanken wurden aufmerksam.

In diesem Augenblick erspähte Maja die geheimnisvoll schimmernde Fläche des Misurinasees mit den Drei Zinnen im Hintergrund.

Wow! Schaut euch nur das grandiose Bild an und dieses glasklare Wasser!

Die Gedanken begannen zu kichern. *Ja, ja, du und das Wasser. Glaubst du wirklich, dass dir Marek bis hierher folgt?*

Maja blies die Wangen auf. *Ihr seid Spielverderber. Vielleicht wartet ja Nico auf mich, wie in Paris.*

Oder Iulius wie in Sirmione, äfften sie die Gedanken nach, ehe sie flugs das Weite suchten, um nicht wieder einmal als alte vertrocknete Disteln zu enden, weil sie Maja zu sehr reizten.

Maja suchte sich eine flache Uferstelle, wo das Wasser fast ihre Schuhe benetzte, um Nahaufnahmen vom Grund des herrlichen Sees zu machen. Die kristallene Klarheit des Gewässers war einfach phänomenal und für Maja Inspiration pur.

Obwohl nicht eine einzige Wolke am Himmel stand, fiel plötzlich ein Schatten auf das Wasser. Maja richtete sich erstaunt auf, zumal die anderen Wanderer nicht mit in ihre Richtung gelaufen waren.

Neben ihr stand ein hagerer Mann in einer Gewandung, die sie auf den ersten Blick als wohlhabend-mittelalterlich einstufte. Mit dem Zeigefinger zielte er auf ihre kleine Kamera. „Was ist das?"

Maja schaltete sie vorsichtshalber ab. Das Objektiv fuhr mit leisem Surren zusammen, worauf der Fremde zurückzuckte. Maja verkniff sich ein Grinsen, denn ein kurzer Blick in die Runde trieb auch ihr einen kalten Schauer über den Rücken.

Statt des Reisebusses standen Pferde am See und deren, ausnahmslos junge, Reiter machten einen verwegenen Eindruck. Frauen schien es hier nicht zu geben und so mutete es fast wie ein Schaulaufen an, als sie der Fremde mit einer kurzen Geste und undefinierbarem Blick zu einem Haus dirigierte, das Maja fast übersehen hätte.

Er öffnete eine Tür, schob Maja hinein und ging ein paar Schritte auf eine Gestalt zu, die vor dem Fenster stand. Durch die hereinfallende Sonnenhelle konnte Maja nicht einmal erkennen, ob es ein Mann oder eine Frau war. Die Person am Fenster drehte sich langsam. Der Mann, der Maja hierher gebracht hatte, verbeugte sich leicht.

„Befehl ausgeführt", erklärte er. „Was sie am Wasser getrieben hat, kann ich Euch leider nicht sagen. Nur, dass sie einen merkwürdigen schwarzen Gegenstand darüber gehalten hat, der seltsame Geräusche macht."

„Ich werde sie allein verhören", entgegnete eine eindeutig männliche Stimme vom Fenster und der andere verschwand wortlos, sich noch einmal vor der Tür verbeugend, die er danach fast lautlos schloss.

Maja erschauerte. Auf dem Tisch, in der Mitte des Raumes, lagen mehrere Dolche, verschiedene Lederriemen, eine Peitsche und diverser Kleinkram, den sie in plötzlich aufkeimender Angst lieber nicht näher sehen wollte. Sämtliche mittelalterliche Foltermethoden drehten sich als grotesker Reigen hinter ihrer Stirn.

Wo war sie hier nur hingeraten? Wenn dieser neuerliche Zeitsprung mit ihrem Liebsten zusammenhing, dann konnte dies durchaus bedeuten, dass dessen Frau aufmerksam geworden war und Jagd auf sie machen ließ. War sie hier wirklich in eine Falle geraten, würde sie diese kaum lebend verlassen.

Der Mann vor dem Fenster blieb, wie eine Statue, stehen, sie wortlos musternd, während Maja noch immer nur einen Schatten vor gleißender Helle wahrnahm. Majas Unbehagen wuchs mit jedem Wimpernschlag.

Dann kam Bewegung in ihr Gegenüber. Es verließ den Platz vorm Fenster, trat ein paar Schritte auf sie zu und ging langsam einmal um sie herum, sie von Kopf bis Fuß taxierend.

„Nicht übel. Meine Treiber haben schon vor der Jagd gute Arbeit geleistet."

Im selben Augenblick kapierte Maja, warum die vielen martialischen Geräte auf dem Tisch lagen und auch das zweideutige Gemurmel in der Menge der jungen Reiter, deren einer gemeint hatte, der Erzherzog werde wohl in Kürze seinen nächsten Meisterschuss tun. Ganz offensichtlich stand ebenjener Edelmann vor ihr, über den sie im Bus so gern mehr erfahren hätte.

Das unangenehme Gefühl in der Magengegend ließ allerdings nur sehr langsam nach. Sie hatte keine Ahnung, ob die vielen Frauen und Mädchen aus freien Stücken mit ihm das Bett oder den Heuballen geteilt hatten.

Sie versuchte, in seinen Augen zu lesen, die zu lächeln schienen, obwohl sich in seinem Gesicht kaum ein Muskel regte. Die Augen waren es auch, die langsam ein vertrautes Gefühl aufkeimen ließen, obwohl sie ihn bis jetzt nur im Profil sehen konnte.

Erst, als er vor ihr stehen blieb und sich ihr direkt zuwandte, erkannte sie, dass es ihr Liebster war, der ja bisher auch in den unterschiedlichsten Gestalten erschienen war.

Ihn schien ihr Minenspiel zu amüsieren, welches das Wechselbad sämtlicher Gefühle überdeutlich widerspiegelte.

„Ja, sie hat eine Vermutung", sagte er plötzlich, scheinbar ohne jeden Zusammenhang.

„Ich habe es befürchtet", hauchte Maja, noch immer beinahe starr auf einem Fleck stehend.

Am Alterzustand in dem er hier erschienen war, konnte Sie sich ausmalen, dass damit seine zweite Frau gemeint sein musste.

„Sind sie vertrauenswürdig?", fragte Maja, mit dem Kopf in die Richtung deutend, wo die Pferde standen.

„Nicht alle, obwohl sie wissen, was ihnen blüht, käme auch nur ein falscher Ton über ihre Lippen."

Maja zog die Augenbrauen zusammen. „Tolle Aussichten."

„Beruhigt Euch", schmunzelte er, „im Augenblick ist sie weit fort."

Dass dieser Spruch Maja nicht wirklich zufriedenstellte, merkte er rasch, weil sie seinen sofort folgenden Offerten äußerst spröde begegnete.

„Was missfällt Euch?", hakte er schließlich nach, weil sie so abweisend reagierte.

„Der Gedanke, dass das Geheimnis vielleicht keins mehr ist."

Er seufzte. „Ich bitte Euch, schiebt die trüben Gedanken beiseite und genießt mit mir die kurze Zeit, die uns nur bleibt."

„Ihr habt recht", erwiderte Maja leise, seine Zärtlichkeiten endlich annehmend.

Nach wenigen Augenblicken hatte sie die Welt um sich herum völlig vergessen, Sigmund war tatsächlich der Virtuose im Bett, den man ihm auch Jahrhunderte später noch nachsagte. So wurde es nicht nur ein langer Tag, sondern auch eine lange Nacht, in der er sie allumfassend verwöhnte. Jedes Mal, wenn sie sich eigentlich zum Schlafen aneinander kuschelten, genügte der winzigste Funke, eine lodernde Flamme zu erzeugen. Sigmund zahlte auch hier sofort jede Regung mit gleicher Münze zurück, wodurch sein Beiname, *der Münzreiche*, für Maja eine ganz andere Bedeutung erhielt.

Na, da sind wir ja auch wieder bei seinem Wahlspruch, schmunzelten die Schmetterlingsgedanken, als Maja schließlich doch in einen kurzen Schlummer fiel.

Kurz nach Sonnenaufgang wachten sie vom lauten Wiehern eines Pferdes auf und Sigmund lächelte breit. „Ich sollte mich, nach erfolgreicher nächtlicher Pirsch, langsam um meine Großwildjagd kümmern, sonst bekommt Katharina doch noch Öl ins Feuerchen." Dabei streichelte er Majas Wange: „Es ist weder gelogen noch verfänglich, wenn ich öffentlich behaupte, eine Sächsin zu lieben."

Er schaute interessiert zu, wie sie in ihren Stringtanga schlüpfte und den BH schloss.

„Hatte ich erwähnt, dass Eure ungewöhnliche Gewandung ein Augenschmaus ist?", fragte er, sie noch einmal fest an sich ziehend, um ihr einen langen Kuss zu geben.

„Nein. Ich habe es aber Euren Blicken entnommen", verriet Maja mit einem vergnügten Blinzeln.

Fertig angekleidet folgte sie ihm hinaus an den See, um wenigstens das Gesicht mit dem klaren Wasser zu benetzen, weil es ja keine andere Waschmöglichkeit gab.

Sie tauchte beide Hände ins eiskalte Nass und erschrak bis ins Mark, als direkt hinter ihr lautes Hupen erklang. Aufspringen und herumwirbeln geschahen fast gleichzeitig!

Das 21. Jahrhundert hatte sie wieder – mit Motorenlärm, mit Massentourismus und dem Gefühl, ständig in Eile sein zu müssen. Ihr Reisebus stand noch genau dort, wo sie ihn verlassen hatte, und soeben stiegen die letzten Nachzügler aus, um sich ein paar schöne Augenblicke am See zu machen.

Mit einem äußerst zufriedenen Lächeln überquerte Maja die asphaltierte Straße, tauchte ins

Halbdunkel der Souvenirgeschäfte ab und fand nach kurzer Suche genau jenes Andenken, das sie sich sehnlichst gewünscht hatte – eine zarte Doppelkette mit zwei filigranen kristallgeschmückten Edelweißblüten.

Als der Bus schließlich den Parkplatz wieder verließ, kreisten ihre Gedanken um die Stunden mit Sigmund. *Sie ist weit weg,* hatte er über seine Frau gesagt. *Typische männliche Logik,* überlegte Maja. Ihm würde seine Frau auch kaum die Hölle wirklich heiß machen. Er hatte als Trumpf deren momentane Kinderlosigkeit in der Hand, obwohl er nicht ahnen konnte, dass das auch so bleiben sollte und eines Tages mit seinem Tod die Tiroler Nebenlinie der Leopoldinischen Linie verlöschen werde.

Vielleicht war Frust ja der Auslöser, mit anderen Frauen ein Abenteuer nach dem anderen zu beginnen und dabei den Nachwuchs zu zeugen, der ihm zu Hause verwehrt blieb.

Maja seufzte auf. Frust. Ob er wohl spürte, wie gut sie ihn wirklich verstand?

Inzwischen tauchte in der Ferne bereits Cortina d' Ampezzo auf. Wie viele andere erstaunte es Maja, dass vom großen Namen nicht viel Glamour übrig geblieben war. Das ehemalige Olympiastädtchen wartete mit leicht heruntergekommenem Charme auf. Die vielen, nur als Zweitwohnungen genutzten, im Sommer verriegelten, Häuser trugen nicht gerade dazu bei, die Optik zu heben. So fiel der Zwischenstopp auch besonders kurz aus, weil es wirklich nichts Besonderes zu sehen gab.

Also erklomm der Bus den Passo di Falzàrego, um Alta Badia / St. Kassian zu erreichen. Ein paar Kilometer vor dem Ort ging plötzlich gar nichts mehr. Stau in sengender Sonne, keine vernünftige Wendemöglichkeit und das Wissen im Hinterkopf, dass die gleiche Strecke zurück wohl ein Vielfaches länger dauern, als hier zu warten, bis die Vollsperrung wieder aufgehoben werde.

Es konnte sich nur ein wirklich furchtbarer Unfall auf der schmalen, sich ins Tal windenden Straße ereignet haben und alle rätselten, was nur geschehen sein mochte!

Nach einer vollen Stunde Wartezeit löste sich der Stau ganz allmählich auf. Der Busfahrer erfuhr durch das geöffnete Fenster auf Zuruf von einem Polizisten, dass die ganze Sperrung drei Stunden gedauert habe.

Er hatte für seine Reisegruppe die einzig richtige Entscheidung getroffen, als er in der Kolonne der Wartenden stehen geblieben war, statt in einem halsbrecherischen Manöver auf einem angrenzenden schmalen Wiesenweg zu wenden.

Die nächsten Kilometer warteten allerdings mit noch mehr Hürden auf, die der Bus durch haarsträubend enge Baustellen nehmen musste, wo buchstäblich Millimeterarbeit angesagt war, die der Fahrer so gut meisterte, dass er spontanen Applaus durch alle Insassen bekam.

Irgendwann erreichten sie doch noch Bruneck, jenes wundervolle Städtchen, wo im 15. Jahrhundert Pacher, der weltberühmte Südtiroler Holzschnitzer, gelebt und gearbeitet hatte.

Auch in unserer Zeit gibt es zahlreiche Schnitzer hier, die in ihren Geschäften die wundervollsten Dinge feilbieten. Maja drückte sich aber eher die Nase an den Schaufenstern platt, als in die Läden hinein zu gehen. Ihr gefielen zwar viele Schnitzereien ausnehmend gut, nur fehlte ihr völlig der Platz, sie zu Hause unterbringen, oder gar würdig präsentieren zu können.

So begnügte sie sich damit, zu staunen, ein Eis zu schlecken und mit Fotos, die sie beim Besuch der Kirche und einer Kapelle gemacht hatte, nach einer kurzen Runde durch die schmalen Gassen zum Bus zurückzukehren, der gleich wieder im Stau stand, weil von einem Hebebühnenfahrzeug aus Felsensicherungsarbeiten im Gange waren.

So lauschte sie noch den Erklärungen des Reiseleiters zum soeben besuchten Ort, erfuhr, dass der Name der 1256 gegründeten Stadt, auf den Gründer, den Bischof Bruno, zurückging, es hier die, mit neuneinhalb Kilometern, längste Skipiste Südtirols gab und vieles mehr.

Es dauerte immerhin fast 20 Minuten, bis die Arbeiter der Hebebühne die Straße wieder frei gaben. Trotzdem erreichte die Gruppe fast pünktlich zum Abendbrot das Hotel in Villanders.

Noch am selben Abend erfuhren sie vom Wirt, dass vor Alta Badia ein 71-jähriger Radfahrer in den Gegenverkehr geraten und tödlich mit einem deutschen Kleinbus zusammengeprallt war.

Maja hatte unterwegs manchmal das Gruseln bekommen, wenn Radfahrer, also jene Verkehrsteilnehmer, die am wenigstens geschützt waren, wie die Wahnsinnigen ins Tal schossen, dabei sogar manchmal Autos und Motorräder überholten, als hätten sie vom lieben Gott einen Freibrief für Irrsinn und Tollerei.

Zusammenstöße, die passierten, weil sie die engen 180°-Kehren plötzlich nicht erwischten, konnten einfach nicht gut enden.

Maja dankte wieder einmal dem Schicksal, dass es ihr einen Busfahrer beschert hatte, bei dem sie sich zu wirklich 100 Prozent sicher fühlte und wo sie den Blick in schwindelerregende Tiefe einfach nur genießen konnte.

Auf Wiedersehen – nicht Lebewohl

Für den vorletzten Tag war ein Ausflug zum Gardasee vorgesehen, welchen Maja auf keinen Fall verpassen wollte.

Die Schmetterlingsgedanken witzelten: *Hoffst wohl, dass dir Iulius wieder die Zeit vertreibt?*

Natürlich. Was sonst, gab Maja zu.

Er war tatsächlich ihr einziger Grund, den See aufzusuchen, selbst wenn diesmal nicht Sirmione, sondern das bald 90 Wegkilometer entfernte entgegengesetzte Ende des Sees als Ziel stand. Der letzte Zeitsprung in dieser Gegend hatte sie ja auch nach Verona geführt, obwohl sie am Gardasee gewesen war. Es war also nicht völlig ausgeschlossen, dass Iulius schon auf sie wartete.

Nachdem der Bus die Serpentinen ins Tal nach Klausen überwunden hatte, ging es auf der anderen Seite des Eisacks, des zweitgrößten Flusses Südtirols, der auch dem Tal den Namen gab, durch mehrere Tunnel. Im Augenblick lag noch ein leicht dunstiger Schleier über der Talsohle, durch den sich langsam die Sonne kämpfte. Vorbei an blühendem Oleander, an Sommerflieder und schier unendlichen Weinplantagen, rollte der Verkehr reibungslos über die A22.

Maja hatte die Kamera schussbereit auf dem Schoß liegen und lichtete jede Burg und jeden Herrensitz ab, die ihr vor die Augen kamen.

Nach rund zwei Stunden langten sie in Riva del Garda an, wo sich ein Teil der Reisegruppe per

Schiff nach Limone aufmachte. Maja blieb mit einigen anderen in Riva, um einmal das zu tun, was sie sonst eher hasste: Boutiquen und Bekleidungsgeschäfte durchstreifen. Dabei hoffte sie inständig, plötzlich auf Iulius oder Nico zu treffen.

Nach einem kurzen Spaziergang am See saßen sie gemütlich in einem Strandcafé, bis es eine Prügelei in einer Gruppe Behinderter am Nebentisch gab, die sie fluchtartig das Weite suchen ließ. Also kehrten sie auf die Einkaufsmeile zurück, um sich wieder in den Trubel zwischen den Warenträgern zu stürzen, bis sich erneut der Magen meldete.

Inzwischen hatte Maja aufgegeben, auf ihren geheimnisvollen Liebsten zu warten und ließ sich stattdessen eine große, knusperfrische Bruschetta schmecken, die ihr endlich wieder ein Lächeln aufs Gesicht zauberte.

Bei 35 Grad Celsius und mit allerbester Laune, kehrten sie mit einem Zwischenstopp im großen Einkaufsmarkt in Mori nach Villanders zurück.

Beim Abendbrot bot der Hotelchef an, sich um einen Kleinbus für alle jene zu kümmern, die den allerletzten Tag auf diesem wundervollen Flecken Erde, bei einer langen Wanderung auf der Villanderer Alm verbringen wollten.

Der Vorschlag wurde dankend angenommen und so waren am nächsten Morgen sogar die Notplätze besetzt, als der kleine Bus innerhalb elf Wegkilometern auf der engen Serpentinenstraße ein paarhundert Höhenmeter zurücklegte.

Vor der Gasserhütte, auf 1756 Metern über Null, hielt er und Maja wanderte mit den beiden Frauen, mit denen sie auch am Gardasee den Tag verbracht hatte, bei leicht bewölktem Himmel und recht kühlem Wind auf dem Rundweg durch das moorige Gebiet zur Rinderplatzhütte auf 1800 Metern.

Unterwegs machte sie wieder unzählige Bilder von den wundervoll blühenden Feuchtwiesen-pflanzen, von Wollgräsern, Pechnelken und Knabenkraut. Logisch, dass bei so viel klarer frischer Luft am ersten Etappenziel der Cappuccino besonders gut schmeckte. Dabei wurden die drei Frauen vom Berner Sennenhund des Wirtes beobachtet, der immer hoffte, ein Bröckchen vom Tisch zu erhaschen.

Nach einer ausgiebigen Rast und vielen Fotos, die sie im kettensägengeschnitzten Märchengarten bei der Hütte aufgenommen hatten, wanderten die drei zur Mair in Plun Hütte auf 1870 Metern und von da noch eine ganze Strecke weiter, bis sie vorsichtshalber umkehrten, um den Bus nicht zu verpassen, der sie wieder nach Villanders bringen sollte.

Natürlich reichte nun die Zeit, um sich lecker mit Speise und Trank in der Mair in Plun Hütte versorgen zu lassen, ehe endgültig der Rückweg angetreten werden musste. Maja besuchte die Ziegen, Esel und Kaninchen, filmte, was die kleine Kamera hergab, und weidete sich ausgiebig am Anblick der wundervollen Bergketten ringsumher,

155

die sie am nächsten Morgen ja schon endgültig verlassen musste. Mit etwas Wehmut schaute sie hinüber zu jenem Gebiet, wo die Drei Zinnen liegen mussten, wo sie eine lange heiße Nacht mit ihrem Liebsten, in Gestalt des Erzherzogs Sigmund, verbracht hatte. *Ich komme wieder,* dachte sie, wozu die Schmetterlingsgedanken freudig die schillernden Flügel bewegten.

Nach und nach fanden sich auf dem Weg hinunter zur Gasserhütte auch die anderen Wanderer der Reisegruppe ein. Und alle waren froh, diesen geruhsamen Tagesausflug unternommen zu haben.

Weniger geruhsam ging es auf der Straße nach Villanders zu. An einer besonders engen Stelle kam ihnen ein Traktor entgegen – zurückstoßen für beide Fahrzeuge völlig unmöglich, Leitplanken nicht vorhanden. Der Trecker quetschte sich an den Hang, so gut es ging, die Busfahrerin lenkte ihr Gefährt hart an den Abgrund, dass Steine hinabrieselten und dann manövrierten beide Millimeter um Millimeter aneinander vorbei.

Maja saß auf der Talseite und beobachtete mit gemischten Gefühlen, wie das rechte Hinterrad des Busses fast in den Schwebezustand überging.

„Ja, das war schon ein bisschen knapp", kommentierte die Busfahrerin kaltblütig, die genau vor ihnen liegende Haarnadelkurve nehmend, als sei nichts geschehen.

Und noch jemand, bei dem ich mich immer wieder mit vollem Vertrauen ins Fahrzeug setzen würde, dachte Maja begeistert.

Von hinten eine männliche Stimme: „Soll bloß noch mal jemand sagen, Frauen könnten nicht fahren."

Darauf die Fahrerin schmunzelnd: „Wer es hier nicht in kürzester Zeit drauf hat, sollte lieber laufen oder öffentliche Verkehrsmittel nutzen."

Am nächsten Morgen saßen dann alle pünktlich im großen Reisebus und rollten zum letzten Mal durch die zehn Spitzkehren nach Klausen hinunter. Hinter Brixen schaute Maja das erste Mal aufs Thermometer – 16 Grad Celsius, aber die Sonne lugte ja auch erst ganz zaghaft über die Gipfel.

Maja verabschiedete sich unbewusst von jedem einzelnen Ort, den sie durchfuhren, von der Europabrücke, von Innsbruck, Garmisch und den vielen, die dazwischen lagen. Die erste Rast war erst ein Stück hinter München, denn es war Sonntag und der Bus kam hervorragend voran.

Weiter ging es dann auf der Regensburger Route bis zurück nach Sachsen. Kurz nach 16 Uhr schloss Maja ihre Wohnungstür auf, stellte den Koffer ab und freute sich, dass Haustiere und Pflanzen die Zeit allein gut überstanden hatten.

Was sie gleich danach tat? Reisepläne schmieden und recherchieren, als sie der Schock der Erkenntnis traf. Ihr finsteres Geheimnis, welches sie im 15. Jahrhundert auf Burg Hohenfreyberg mit in den Tod genommen hatte, schien in der Jetztzeit erneut die Finger nach ihr auszustrecken, denn Sigmund, Erzherzog von Österreich, hatte Georg und Friedrich von Freyberg-Eisenberg zu Hohen-

157

freyberg sowie ihrem Vetter Georg von Freyberg-Eisenberg zu Eisenberg, um 1484 die Burg abgekauft.

Damals war Maja vor Angst und Aufregung an einem Herzinfarkt gestorben, als plötzlich Reiter nahten, die sie, um einen handfesten Skandal zu vermeiden, keinesfalls hier antreffen durften. Man hatte ihre Leiche rasch in eines der Kellergewölbe gebracht und Stillschweigen darüber bewahrt, dass sie überhaupt jemals hier gewesen war. Man hätte sich rasch zusammenreimen können, obwohl er weithin als Förderer der Literatur galt, dass sein reges Interesse nicht nur ihren Werken gegolten hatte.

Sigmund erfuhr niemals, was mit seiner, auf mysteriöse Weise, verschwundenen Geliebten geschehen war. Erst recht nicht, dass sie ihm selbst im Tode näher war, als ihm lieb gewesen wäre. Um ihn endgültig von ihr zu lösen, beschuldigte man sie öffentlich, sie habe seine zweite Frau, Katharina von Sachsen, bezichtigt, ihn vergiften zu wollen. Womöglich sei sie ja deshalb geflohen und verstecke sich, um den Häschern zu entgehen.

Derart brutal an die Vergangenheit erinnert, wählte Maja ihre nächste Reise trotzdem so, dass die Route erneut durch Österreich, das Land ihres Schicksals führte. Allerdings sollten dabei die schönen Dinge des Lebens wieder in den Vordergrund treten.

Sehnsucht nach Burgen und Bergen

Um ihren geheimnisvollen Geliebten wiederzusehen, hätte sich Maja wohl auch in die Höhle
eines Bären begeben. Zudem zog es sie magisch
immer wieder an die Orte, mit denen sie durch
frühere Leben untrennbar verbunden war und
durch die sie auch mit ihm verbunden zu sein
schien.

Das Pensum, welches sie sich diesmal auferlegt
hatte, glich aufs Haar ihrer rastlosen, beinahe ver-
zweifelten Suche nach Nico. Sie träumte ständig
sogar mit offenen Augen von ihm. Die Blümchengedanken hatten es inzwischen aufgegeben, darüber zu lästern, denn Maja ignorierte sie, als gäbe es
sie gar nicht.

Umso erstaunlicher war, dass Maja diesmal mit
einer seltsamen inneren Unruhe in den Bus stieg.
Ein Gefühl, als müsse sie zwangsläufig mit Sigmund zusammentreffen, hatte sich ihrer bemächtigt. Etwas lag in der Luft und nicht nur Gutes,
wie Maja befürchtete. Hohenfreyberg ließ sich
nicht völlig aus dem Kopf verbannen.

Nach den ersten Kilometern Autobahn wurde
Maja langsam ruhiger und ließ sich von der Natur,
statt von Rittern, gefangen nehmen. Große Rudel
Rehe suchten auf Wiesen und abgeernteten Fel-
dern nach Leckerbissen, hin und wieder zogen
Bussarde und andere Greifvögel hoch droben ihre
Runden. Die bunt gefärbten Wälder leuchteten im
ersten Sonnenlicht.

Manchmal waberte Bodennebel wie Spinnweben durch Senken und es sah geradezu romantisch aus, als ein Mann mit seinem Hund, tiefschwarz gegen den hellen Hintergrund, aus einer Nebelbank auftauchte.

Der Nebel des Vergessens, schoss es Maja durch den Kopf, *aus dem sich gerade zwei klar abgegrenzte Erinnerungen hervorschälen.*

Ach herrje! Jetzt wird sie pathetisch, stöhnten die Schmetterlingsgedanken auf und wurden vernommen.

Ihr habt einfach keinen Sinn für Schönheit, wurden sie halb belustigt zurechtgewiesen.

Die Schmetterlinge schmunzelten, als Maja ihren Block zur Hand nahm und den Mann mit Hund notierte. Eigentlich hätten sie gewarnt sein müssen, denn Maja hatte vor, die wundervollsten mittelalterlichen Orte Italiens aufzusuchen. Kein Wunder, dass sie schon jetzt alle Sinne auf Empfang geschaltet hatte.

So erstaunte es sie auch nicht, als Maja fast ein Déjà-vu hatte, als sie auf genau dem gleichen Rastplatz von einer Mücke in den Arm gestochen wurde, wo es sie ein Jahr zuvor schon einmal ganz böse erwischte.

Ein anderer hatte wenige Augenblicke vorher einen viel größeren Schreck bekommen – nämlich der Busfahrer. Der glaubte, er habe vergessen, die Bremse anzuziehen, als neben dem Bus ganz langsam ein LKW aus der Parklücke rollte. Es sah im ersten Augenblick auch wirklich so aus, als rolle der Bus, zumal ja alle noch auf ihren Plätzen saßen, weil man gerade erst angekommen war.

Die Schmetterlingsgedanken kicherten amüsiert und Maja stimmte ein. Optische Täuschungen waren eben immer wieder ein Hochgenuss. Da ahnte Maja noch nicht, welche Fata Morgana ihr bald begegnen sollte!

Zunächst ging es erst einmal über München und Garmisch-Partenkirchen nach Seefeld. Und von da durch die wundervolle Gebirgslandschaft hinunter nach Zirl. Maja saß rechts im Bus und schaute auf die Berge, die sie so liebte. Plötzlich gewahrte sie etwas in den Spiegelungen der Fensterscheibe, das sie herumwirbeln ließ.

Vor ihr, auf der anderen Seite, thronte die ausgedehnte Burganlage Fragenstein unversehrt und grandios wie in der Blütezeit ihrer Entstehung auf dem schmalen Felsgrat, der südlich steil zum Inntal und östlich fast senkrecht zur Schlossbergklamm hin abfällt.

Maja blinzelte und bemerkte, wie die Silhouette verblasste, bis nur noch die beiden quadratischen Türme zu sehen waren, die heute tatsächlich noch stehen. Sie wusste, dass der Bergfried aus dem 13. Jahrhundert stammte und der Weinecker-Turm, weiter oben, 1483 erbaut worden war. Sie wusste aber auch, das Sigmund, der Münzreiche, die Burg hatte ausbauen lassen …

Die Schmetterlingsgedanken schossen wie Düsenjäger durcheinander. Sollte Maja etwa recht behalten und Sigmund wirklich auf sie warten?

In einem sehr nahen Hotel checkte man schließlich auch noch ein, was die Schmetterlinge genau
so erwartungsvoll-unruhig machte, wie Maja. Die
schaute dann auch die halbe Nacht aus dem Fenster, als müsse jeden Augenblick das Wunder aller
Wunder geschehen.

Da waren die Gedanken schon wieder keck
obenauf: *Heb dir solche Gedanken für Pisa auf, dort ist
der Campo di Miracoli, das Feld der Wunder.*

Maja hatte keine Lust auf Streit und ging lieber
doch noch zu Bett. Sigmund werde sicher ihre
Anwesenheit spüren, falls er in der Nähe sei.

Am nächsten Morgen spähte Maja sofort wieder
zu den Resten der Burg hinauf, ehe sie frühstückte
und zum Bus eilte, der kurz darauf im milden
Licht des Vollmonds nach Oberhofen abfuhr, wo
noch Fahrgäste abgeholt werden mussten. Maja
saß ganz vorn und bekam große Augen, als in
Oberhofen plötzlich eine Frau auf die Straße lief
und wild winkend versuchte, das Fahrzeug anzuhalten. Möglich, dass sie ihren Reisebus verpasst
hatte. Es war ja nicht nur ein Fahrzeug der Gesellschaft an diesem Morgen unterwegs.

Na, da geht der Tag ja gleich mit Merkwürdigkeiten los,
witzelten die Schmetterlingsgedanken, und Maja
kam nicht umhin, ihnen zuzustimmen. Das war in
der Tat mehr als eigenartig gewesen.

Über Innsbruck, vorbei an der Sprungschanze
auf dem Berg Isel, ging es Richtung Brenner, auf
die Europabrücke. Über dem Gebirge hing Hoch-
nebel, der, wenn es die Sonne schaffte, Strahlen

hindurchzusenden, einzelne Bergspitzen in geradezu unwirklich goldenem Licht erscheinen ließ, während das Land ringsumher noch in Dunkelheit gehüllt war. Zwischen finsteren Wolkenfetzen strahlten Felsen in gleißendem Weiß auf und Maja nahm jedes Detail in sich auf.

Nach dem Brennersee hüllte Nebel das Tal ein und schließlich kroch er auch noch über die Autobahn. Die Burg Welfenstein hätte an diesem Morgen glatt in einen Edgar Wallace Film gepasst. Sie wirkte in dem Grau-in-Grau fast drohend.

Natürlich wurde Maja sofort wieder an Herzog Sigmund erinnert, der die Veste 1469 mit Burg Reifenstein zusammen pfandweise dem Deutschen Orden in Sterzing überlassen hatte, um sie ihm 1470 endgültig zu übergeben. Es war ja auch kein Geheimnis der Geschichte, dass der Orden Reifenstein vorzog, Welfenstein sich selbst überließ und sie rund 130 Jahre später bereits nur noch eine zerfallende Ruine war.

Er hätte sie dir schenken sollen, stellten die Schmetterlingsgedanken betrübt fest.

Eine vorzügliche Idee, seufzte Maja, sich wieder dem Blick auf das Nebelgrau vor dem Bus widmend, das sich erst kurz vor der Franzensfeste im Eisacktal etwas lichtete. So konnte Maja sogar einen Blick auf die Bloße werfen, den 2536 Meter hohen Berg der Ötztaler Alpen, wo auch heilkräftiges Wasser entspringen soll.

Maja war ja erst vor rund drei Monaten zum Wandern hier gewesen und freute sich nun, auch

die Geißlerspitzen in orange-goldenem Morgenlicht aufstrahlen zu sehen. Nicht lange danach fuhr
der Bus vorbei an Klausen, dem Kloster Säben, an
Villanders und schließlich auch an Schloss Sig-
mundskron, das auf Italienisch Castel Firmiano
heißt.

Die Ruine der großen spätmittelalterlichen Fes-
tungsanlage beherbergt heute eines der Bergmu-
seen des Südtiroler Extrembergsteigers Reinhold
Messner.

Sigmund, Sigmund und immer wieder Sigmund, stöhnten die Schmetterlingsgedanken. *Scheint was dran zu
sein, an deinen seltsamen Vorahnungen.*

Maja zog die Augenbrauen hoch. *Ach ja? Was
habt ihr erwartet, auf seinem Hoheitsgebiet?*

Der sarkastische Tonfall veranlasste die Gedanken, vorsichtig die Köpfe einzuziehen. *Weißt du
eigentlich, dass Ötzi in Bozen liegt,* versuchten sie, Maja
auf ein anderes Thema zu bringen, doch die
reagierte nicht. Sie hielt schon nach der Leuchten-
burg Ausschau, deren Ruine sie auch sofort auf
einer Anhöhe des Mitterbergs, oberhalb des Kal-
terer Sees, entdeckte.

Dem Weingut Laimburg schenkte Maja nur
einen kurzen Blick, obwohl es bestimmt auch
mehrere wert gewesen wäre.

An der Tank- und Raststätte Paganella est an der
Brennerautobahn A22, nördlich von Trient, legte
die Reisegesellschaft einen Stopp ein, auf dem
Maja wieder fotografierte, was die Sonne an alten
Gemäuern aus dem herbstlichen Laub hervorhob.

Auf der Weiterfahrt passierten sie die Burg Avio, das Castello di Avio oder Castello di Sabbionara, aus dem 11. Jahrhundert, die zu den ältesten Befestigungsanlagen des Trentino gehört. Maja hatte schon viel über das Liebeszimmer mit seinen Fresken aus dem 14. Jahrhundert gehört, aber auch, dass das Wachhaus gleichermaßen ausgeschmückt sein sollte. Allerdings hier zum Thema Kriegskunst und Rittertum.

Du und deine ollen Ritter, maulten die Schmetterlingsgedanken.

Maja zuckte mit den Schultern. *Ihr hättet doch zu Hause bleiben können, wo ihr doch wusstet, dass ich auf Mittelaltertour gehe. Aber neugierig, wie ihr seid ...* Sie notierte eifrig weiter, was die Reiseleiterin an äußerst interessanten Daten geradezu heraussprudelte.

Die Route führte nun durch die Veroneser Klause, italienisch Chiusa di Ceraino, den letzten Engpass vor der Po-Ebene. Kurz vor Affi wurde Maja auf mehrere Oldtimer aufmerksam, die hier soeben rechts der Autobahn auf einem Feldwegparcours ein Rennen fuhren.

Jetzt zetert bloß nicht herum, weil ich mich auch für alte Autos interessiere, grinste Maja ins sich hinein, um die Schmetterlingsgedanken ein wenig zu reizen.

Die grinsten breit zurück und meinten: *Ja, ja, obwohl dir ein zünftiges Lanzenstechen der ollen Ritter sicher lieber wäre.*

Maja grinste breit. *Das ist, in doppelter Hinsicht, ein stichhaltiges Argument.*

Es war kaum in Wort zu fassen, wie sehr sie sich nach ihrem Liebsten sehnte, der weder mit moderner Technik noch per Brief zu erreichen gewesen wäre, der auftauchte, wann und wo es ihm beliebte. Maja konnte es nicht verhindern, dass ihr Tränen in die Augen stiegen.

Eigentlich dumm, da sie wusste, dass er sich, zumindest als Sigmund, der Münzreiche, unzählige Geliebte hielt und es womöglich nicht einmal bemerken werde, wenn er eine von ihnen längere Zeit nicht zu Gesicht bekäme.

Maja versuchte, sich auf das zu konzentrieren, was die Reiseleiterin erklärte, denn das herbstliche Gelbbraun der Po-Ebene brillierte mit Eintönigkeit. Und zum wiederholten Mal dachte sie: *Hier sieht man wirklich schon am Mittwoch, wer am Sonntag zu Besuch kommt.*

Der Po führte diesmal etwas mehr Wasser, als im Jahr zuvor und ähnelte schon eher einem Fluss.

Auf der nächsten Rast setzte sich Maja, in Ermangelung einer Bank, auf einen Betonblock auf dem Parkplatz und hielt das Gesicht der Sonne entgegen. Sie hatte weder Lust, etwas zu essen, noch über irgendetwas nachzudenken. Der Gedanke, dass sie für ihren Geliebten nur der Notnagel sei, hatte sich in den letzten Minuten so fest eingenistet, dass er sich einfach nicht mehr verscheuchen lassen wollte.

Die schönen Dinge des Lebens

Auf der Weiterfahrt nach Florenz, das als groß-
artigste Stadt der Renaissance gilt, also jener Zeit,
als das Mittelalter ausklang und Ende des 15. Jahr-
hunderts/Anfang des 16. Jahrhunderts Neues auf
den Plan trat, schwelgte Maja schon wieder in
geschichtlichen Daten, die die Reiseleiterin auf-
frischte.

Die Stadt war 59 vor Christus erbaut worden
und die Schmetterlingsgedanken, ritt der Teufel:
Ach, da sind wir ja wieder bei den alten Römern.

Maja widmete ihnen einen derart finsteren Blick,
dass sie glatt zu Stein erstarrten. *Jetzt kann man euch
wenigstens noch als Wurfgeschosse einsetzen,* fügte sie
düster hinzu.

Dass ihr just in diesem Augenblick alles einfiel,
was sie über die finstere Seite der Medici wusste,
erschreckte Maja.

Erst der Blick vom Piazzale Michelangelo über
die wundervolle Stadt, welche im strahlenden Sonnenschein vor ihr lag, besänftigte sie wieder, auch
den armen Schmetterlingen gegenüber.

Die zogen sich ziemlich ratlos zurück und
tuschelten aufgeregt miteinander: *Mir sitzt so der
Schreck in den Gliedern, dass ich mich glatt wie ein Kohl-
weißling entfärben könnte,* stöhnte der eine.

Bloß nicht, rief ein anderer. *Jetzt müssten wir besonders bunt sein, um sie auf angenehme Gedanken zu bringen!*

Ist doch egal, was wir machen, meldete sich der nächste, *es ist doch eh immer falsch.*

So unmöglich ist sie erst, seit sie diesen ominösen Zeitreisenden kennt, beschwerte sich der vierte.

Der fünfte bewegte langsam die schillernden Flügel. *Vielleicht sollten wir ihm einen Besuch abstatten? Und uns dabei nicht erwischen lassen,* fügte er rasch hinzu, als die anderen entrüstet aufflatterten.

Ich bin dagegen, erklärte der sechste und startete ins strahlende Blau des ungewöhnlich warmen Herbsttages, um sich einen Überblick über die fantastische Stadt am Arno zu verschaffen.

Maja bekam von alldem nichts mit. Sie atmete Mittelalter, fotografierte und freute sich über die wärmenden Sonnenstrahlen bei 25 Grad Celsius, während es zu Hause geradezu eisig und grau zu nennen war.

Nachdem alle ausgiebig den Ausblick genossen hatten, fuhr der Bus hinunter zur Stadt, auf die Maja wirklich sehr gespannt war. Besonders darauf, einmal vor den Uffizien, zu stehen. Zuerst musste der Busfahrer aber die 300 Euro für die Einfuhrgenehmigung berappen, um überhaupt bis an den Ein- und Ausstiegsplatz in der Nähe des Torre della Zecca, des Münzturmes, zu kommen. Dieser hatte seinen Namen erhalten, weil in seinen Gewölben der Fiorino, geprägt worden war, die Münze der Florentiner Republik.

Man musste sich also nur den Namen des Turmes merken, falls man sich verliefe, am besten in einem Geschäft die Einheimischen fragen, und würde ganz sicher den Bushalteplatz wiederfinden. Immerhin hat Firenze, wie die Stadt auf Italienisch heißt, an die vier Millionen Einwohner und ist nicht gerade klein. Sie ist nicht nur die Hauptstadt der Toskana, sondern deren größte Stadt überhaupt.

Besonders berühmt ist sie für ihre Geschichte, als das Zentrum des mittelalterlichen europäischen Handels- und Finanzwesens schlechthin. Zu allen Zeiten hatte es Künstler hierher gezogen, deren Werke das Stadtbild prägen.

Viele von ihnen, aber auch berühmte Geistliche, waren hier beheimatet gewesen: Michelangelo, Leonardo da Vinci – und Galileo Galilei wohnte einst sogar als Hofmathematiker in einem Palast der Medici.

Die mächtige Dynastie der Medici ließ die Stadt in der Renaissance zu einer der florierendsten Metropolen Europas aufsteigen, die im 19. Jahrhundert sogar einmal die Hauptstadt Italiens gewesen war.

Im direkten Vergleich der Denkmäler und Skulpturen offenbarte sich Maja schnell, dass Michelangelo mit Abstand der genialste Meister war, wenn es darum ging, den Betrachter mit lebensecht wirkenden Werken in den Bann zu ziehen. Fast jeder kennt wohl seinen David, der besonders die Damenwelt träumen lässt und der hier an mehreren Orten als Kopie zum Verweilen einlädt. Das erste Mal entdeckte ihn Maja auf dem

Aussichtplateau Piazzale Michelangelo, wo er als Bronzekopie das Zentrum des Platzes ziert.

Egal was und wie, sie war Vollzeit mit Schauen und Staunen beschäftigt. Dabei vergaß sie aber die Sicherheit nicht, denn sie hängte sich ihren schwarzen Lederrucksack mit beiden Riemen auf eine Schulter, sodass sie ihn praktisch fest unterm Arm klemmen hatte. Der historische Teil der Stadt zieht jedes Jahr aufs Neue Millionen Touristen an und die wiederum einen Haufen Taschendiebe, wie jede große Stadt auf dieser Welt.

Nichtsdestotrotz ist Florenz unbestritten eine der schönsten Städte. Der Speicher der Kamera füllte sich Bild um Bild und immer wieder stand Maja stumm ergriffen von der Erhabenheit der Gebäude, wie der des Domes oder des Baptisteriums.

Überwältigend, mit welch einfachen Mitteln diese Meisterwerke der Baukunst geschaffen worden waren, und dass sie bis heute die Jahrhunderte überdauert haben. Wie immer lief die Kamera fast heiß, als Maja auch noch die einzelnen Details auf den Speicherchip bannte, um sich später zu Hause immer wieder daran erfreuen zu können.

Hin und wieder wurde sie sehr genau beobachtet, wie sie aus den Augenwinkeln bemerkte. Es waren meist potenzielle Taschendiebe, die beizeiten aufgaben, weil die Außentaschen am Rucksack, trotz aller vermeintlicher Ablenkung durch die Sehenswürdigkeiten, einfach nicht erreichbar waren. Zudem hatte Maja noch die Bindebänder des Hauptfaches mehrfach über alle anderen Fächer verknotet, was selbst einem Meisterdieb das Handwerk gelegt hätte.

Nicht einmal die Kamera baumelte lose am Handgelenk. Die war mit einer doppelten Schlinge um Selbiges befestigt und wurde zudem noch direkt in der Hand getragen.

Der letzte gemeinsame Punkt der Stadtführung war auf der Ponte Vecchio, der überbauten Brücke, die Maja ein wenig an die Krämerbrücke in Erfurt erinnerte. Als sich die Reisegruppe zur individuellen Freizeit zerstreute, machte Maja zuerst einen Schaufensterbummel auf der Juweliermeile der Brücke, dann wanderte sie am Arno entlang und amüsierte sich über die dreifüßigen Sockel der Laternen auf der Ufermauer, die wie hockende Dämonen mit einem Lendenschurz anmuteten.

Kaum hatte Maja die Haltestelle der Reisebusse erreicht, als sie auch schon massiv von fliegenden Schwarzhändlern belagert wurde. Die meisten waren auch von Gesichtsfarbe schwarz, wie Maja amüsiert feststellte. Sie boten Taschen, Regenschirme, Selfie-Sticks und einen Haufen anderen technischen Kleinkram an, während die asiatisch aussehenden Händler mit Tüchern auf Jagd nach Kunden gingen. Jedes Mal, wenn ein Polizeiauto vorüber fuhr, rafften alle ihre Waren zusammen, um sie Augenblicke später an genau der gleichen Stelle wieder zu präsentieren und jeden Fußgänger gleichermaßen zu bedrängen. Maja atmete deutlich sichtbar auf, als der Bus erschien, um die letzte

Etappe nach Montecatini Terme, zum Hotel, in Angriff zu nehmen, welches sie in den frühen Abendstunden bei einem wundervollen Sonnenuntergang erreichten.

Maja schlief wie ein Stein, träumte die ganze Nacht von Schirmpinien und Zypressen und hörte nicht einmal das laute Tuten der Lokomotiven an den Zügen, die ganz nahe am Hotel vorbeifuhren und so das Städtchen mitten im Zentrum durchquerten.

Nur gegen zwei Uhr wurde sie plötzlich für einen Moment wach, weil sie das Gefühl hatte, gerufen zu werden. Sie schaute sogar aufs Handy und lauschte an der Tür, ehe sie wieder unter die Decke kroch, um nahtlos weiterzuschlafen.

Am nächsten Morgen führte der Weg vorbei an Baumschulen voller wundervoller Pflanzen, die im Morgennebel nur zu erahnen waren, über die Superstrada. Maja sah nur Superstraßenschäden, denen der Bus vorsichtig ausweichen musste. Zudem reihte sich Baustelle an Baustelle, was beim Zustand dieser Straße wohl auch bitter nötig war. Leider kam man so auch von einem Stau zum nächsten.

Von Monsummano Terme war im Nebel nichts zu sehen und alle nahmen nur die Worte zur Kenntnis, dass es hier neben den Thermalbädern auch einen solchen See geben solle.

Die irre Fahrweise der Italiener, konnte allerdings auch der Nebel nicht verbergen. Blinker schien keiner zu haben.

Und als der Busfahrer schließlich einmal die Fahrt erzwingen musste, weil keiner anzeigte, wohin er fahren wollte und er sonst noch am Abend auf selber Stelle gestanden hätte, meinte er: „Die haben alle eine Bremse".

Maja rutschte sofort heraus: „Da wäre ich nicht so sicher. Autos, die keine Blinker haben, verfügen womöglich auch nicht über Bremsen", was für einiges Gelächter sorgte.

Weniger zum Lachen war dann gleich wieder der Motorradfahrer, der sogar noch die Fahrzeuge in der dritten Spur im Tunnel links überholte.

Offenbar hat der einen Chianti zu viel intus, überlegte Maja, weil man gerade durch eines der besten Anbaugebiete dieser Trauben fuhr.

Wobei der dichte Bodennebel Reben und Olivenhaine versteckt hielt, sodass sich Maja lieber auf die tief hängenden Wolkenformationen konzentrierte. Sie musste zwei Mal hinschauen, rieb sich die Augen und staunte: Zwischen Wolken und Bodennebel lugte ein Stück eines herrlichen Regenbogens hervor, wie eine durchsichtig bunte Säule eines filigranen Gebäudes. Sie war zu überrascht, um nach der Kamera zu greifen.

Allerdings wertete sie diesen farbenfrohen Gruß sofort als Omen für diesen Tag, als ein Zeichen des Wettergottes, die Füße ruhig halten zu wollen, obwohl die Prognosen wenig Gutes vorausgesagt hatten. Sie sollte sich auch nicht getäuscht haben, denn der Nebel lichtete sich und die Sonne lugte hervor, womit auch gleich die Temperatur merklich anstieg.

Siena, die Stadt auf den drei Hügeln, die das erste Ziel des heutigen Tages war, empfing die Reisegruppe wirklich mit Sonnenschein und mit erheblich weniger Gedränge als Florenz. Dafür aber mit jenem mittelalterlichen Charme der die italienische Gotik auszeichnete.

In Majas Augen stieg jener Glanz, der sich immer dann breitmachte, wenn sie durch die Häuserschluchten jener Zeit wandeln konnte.

Bereits beim Besuch der ersten Kirche stimmte sich Maja auf das ein, was sie hier allerorten begleiten sollte – die Gliederung innerhalb der Stadtmauern in Terzi, also Stadtdrittel, die wiederum in insgesamt 17 Contrade, also Stadtteile, gegliedert sind und deren Bewohner ein Leben lang dort dazugehören.

Die Fahnen der Contraden, mit ihren Wappen, bewunderte Maja in der Basilica di San Domenico, die auch der heiligen Katharina von Siena geweiht ist und deren Reliquien hier aufbewahrt sind. Sie erfuhr, dass das berühmte Pferderennen Palio, auf der Piazza del Campo, noch mit Schmuck in der Hauptstraße des Siegers gefeiert werde. Sie besuchte sogar ein Museum der Eulen-Contrada, um noch mehr darüber zu erfahren.

Allerdings hatte es ihr, wie nicht anders zu erwarten gewesen war, die Drachen-Contrada des Terzo di Camollia besonders angetan. Manchmal hatte sie das Gefühl, auch hier beobachtet zu werden, und drehte sie sich mehrmals suchend um.

Hast du nur Spuren hinterlassen oder bist du in der Nähe? Die Frage huschte ganz allein durch ihren Kopf und die Schmetterlingsgedanken horchten auf. Sie verhielten sich vorsichtshalber ganz still, weil nicht vorauszusehen war, ob Maja wieder wie eine gereizte Tigerin auf Ansprache reagierte.

Die war aber mit ganz anderen Dingen beschäftigt. Genau so, wie es ihr damals in Dolceacqua ergangen war, fühlte sie sich nämlich auch hier, als sei sie soeben nach Hause gekommen. Trotzdem blieb sie bei der Gruppe, bis man das Rathaus und den imposanten Dom, der mit seiner hellen, dunkel abgesetzten, Marmorverkleidung in der Sonne strahlte, besichtigt hatte.

Inzwischen hatte sie wohl bemerkt, dass ihr Geliebter ganz sicher nicht zugegen war, denn sie schloss sich einer Gruppe Frauen an, um nicht ganz allein herumzuwandern, wie sie es sonst meist tat.

Zudem schmeckt Pizza einfach besser, wenn man nicht völlig einsam am Tisch hockt, wie sie mit einem fröhlichen Blinzeln erklärte. Da waren selbst die leichten Verständigungsschwierigkeiten zwischen österreichischen Dialekten und Sächsisch kaum eine Hürde.

Sie ging danach sogar mit auf Einkaufstour, obwohl sie nun lieber vor den Geschäften stehenblieb und den originellen Fahrzeugverkehr in den engen Gässchen beobachtete. Unglaublich, dass hier, wo einst sicher sogar die Pferde der mittelalterlichen Reiter Probleme hatten, die steilen Pfade zu passieren, sogar Kleintransporter fuhren.

An dem herrlichen Springbrunnen vor der alten Festung Forte Santa Barbara, auch Fortezza Medicea genannt, warteten alle auf den Bus. Auf dem Weg dahin hatte Maja eine junge Eidechse entdeckt, die am Mauerwerk in der Sonne herumturnte und die Wärme genau wie Maja genoss. Natürlich gelang auch ein hübsches Foto des Winzlings, der unbeeindruckt weiter nach Futter suchte.

Maja erinnerte sich, dass Medici-Herzog Cosimo I. die Festung 1560 hatte erbauen lassen, als Siena seine Unabhängigkeit verlor. Was mochten damals wohl für furchtbare Kämpfe stattgefunden haben? Welche Geißeln mussten die Menschen noch ertragen? Die Pest hatte, wie überall in Europa, ganze Landstriche entvölkert. Auch hier hatte sie gewütet.

Kannst du nicht einmal nur die schönen Dinge des Lebens sehen, fragten die Schmetterlinge.

Kann ich nicht, weil Licht und Schatten nun mal zusammengehören. Maja zuckte mit den Schultern und stieg in den Bus.

Es wird Zeit, dass sich Nico wieder blicken lässt, waren sich die Schmetterlinge einig. *Maja geht sonst vor die Hunde.*

Inzwischen rollte der Bus durch die grandiose toskanische Landschaft, die immer wieder mit Palmen, Zypressen und Schirmpinien aufwartete. Am

Straßenrand vor einem Olivenhain stoppte der Fahrer am Straßenrand und die Reiseleiterin verriet, eine Überraschung geplant zu haben.

Rasch war ein großer Tisch aufgebaut, der mit Leckereien aus der Region aufwartete, die hervorragend zum Wein passten, der gereicht wurde. Maja, die sonst immer selber fahren musste und deshalb nie in Gesellschaft Alkohol trank, nahm das Angebot erfreut an.

Zudem hatte sie in der Ferne bereits die mittelalterlichen Geschlechtertürme von San Gimignano erspäht, deren Anblick allein es schon wert war, sein Glas zu erheben.

Herbstgedanken

Neugierig schaute Maja aus dem Fenster, als es schließlich direkt weiter nach San Gimignano ging. Vielleicht hielt das Wetter ja wirklich noch aus, um ein paar Schnappschüsse von nahem zu machen. Diese längst vergangene Zeit war hier allenthalben allgegenwärtig.

Das, sich langsam herbstlich färbende, Laub passte dazu und versetzte Maja in eine seltsam melancholische Stimmung. Ein Gefühl, als neige sich nicht nur das Jahr seinem Ende entgegen, stieg in ihr auf. Die Frage, ob es wohl ein Fehler gewesen sei, hierher zu kommen, schwirrte durch ihren Kopf. Die Schmetterlingsgedanken fielen buchstäblich aus allen Wolken. Maja ernsthaft depressiv? Das konnte ja noch heiter werden!

Wäre es nicht ratsamer, den Kerl auf ewig zu vergraulen, stellte einer in den Raum.

Besser wär's wohl, murmelte der nächste, seine Flügel traurig hängen lassend.

Die anderen drängten sich ängstlich zusammen, um aneinander Halt zu finden.

Da rollte der Bus auch schon zum Halteplatz und die Gruppe folgte der Reiseleiterin hinauf zum Marktplatz und zu den Geschlechtertürmen.

Dieser wundervolle Flecken Landschaft war bereits um 300 vor Christus von Etruskern besiedelt worden und seit dem 10. Jahrhundert eine Stadt gewesen sein, dadurch, dass er an der Via Francigena, der Frankenstraße, lag. Pilger und

Händler, die ins ferne Rom zogen, haben hier Station gemacht und die Kunde von diesem Ort in der Welt verbreitet.

Neben den großen Kämpfen gegen die Nachbargemeinden, trugen sich auch innerhalb der Stadt die Scharmützel zwischen den Guelfen und Ghibellinen zu, die zu wahrhaft blutigen Familienfehden zwischen den Familien der Salvucci der Ghibellinen und der Ardinghelli von den Guelfen ausuferten. Sogar Dante Alighieri versuchte 1300 vergeblich, die verfeindeten Familien zu versöhnen.

Durch Kriege, die Pest und einfachere Reisewege war im Lauf der Zeit aus der reichen Stadt, die an Safran und Seidenfärberei verdient hatte, eine bitterarme geworden. Der erste toskanischen Großherzog, Cosimo I. de' Medici, hatte zudem befohlen, dass kein Geld mehr in diese Stadt investiert werden durfte, die dadurch praktisch im Jahr 1563 stecken geblieben war und so auch bis heute erhalten ist. Was natürlich die zigtausend Touristen, die es jährlich nach San Gimignano verschlägt, freut. Zudem gibt es durchaus auch moderne Errungenschaften, wie die kleinen Cafés rund um den Zentralen Platz, den Piazza della Cisterna.

Maja nahm an einem der Tische im Außenbereich Platz, um ganz in Ruhe einen Cappuccino zu trinken, als jemand hinter ihr fragte: „Dürfte ich mich zu Ihnen setzen?"

Sie kreiselte herum. „Nico?! Was tust du denn hier?" Dabei hätte sie wissen müssen, was er tat.

„Auf dich warten." Er setzte sich, bestellte Espresso und amüsiert sich über Majas Mienenspiel, dem nicht einmal zu entnehmen war, ob sie sich freute. Schließlich fragte er sogar nach.

Maja antwortete nicht verbal, nahm aber seine Hände, um sie ganz fest zu halten. Sie wusste ja selber nicht, warum sie so verhalten reagierte. Die Blümchengedanken stoben aufgeschreckt davon, um bloß nicht wieder schuld an irgendwas zu sein.

„Hast du Lust auf einen Spaziergang?", fragte er schließlich, Maja seinen Arm anbietend.

Sie nickte, hängte sich ein und schlenderte mit ihm durch enge Gassen. Nach ein paar Metern blieb er stehen und schaute sie prüfend an. „Es irritiert mich, dass du kein Wort sagst."

„Ich höre dir zu", versuchte Maja, zu erklären, der tatsächlich kein passender Gesprächsstoff einfiel. Was hätte sie ihm auch erzählen sollen? Dass sie von Tag zu Tag unglücklicher wurde? Dass sie über seine anderen Liebschaften nachgrübelte, über die er völlig freimütig erzählte? Dass sie vermutete, er werde über sie genau so freimütig den anderen erzählen?

Maja fühlte, wie das Kartenhaus des imaginären Glücks bedrohlich wankte.

„Du musst an uns glauben", flüsterte Nico beschwörend, sie in seine Arme ziehend.

Seine Körperwärme schlug Maja sofort wieder in ihren Bann. „Du fehlst mir so sehr", seufzte sie, sich eng an ihn schmiegend. „In so vielen Nächten kann nicht schlafen, denke ich an dich und wünschte, ich könnte bei dir sein."

„Bitte glaube an uns", wiederholte Nico eindringlich.

Maja seufzte gequält: „Ich versuche es."

„Komm! Nutzen wir die wenige Zeit, die wir haben", bat er, sie zu einem der uralten Türme führend.

Als er die Tür öffnete, betrat Maja ein Zimmer, welches dem im Hotel in Paris glich.

„Du siehst, was du sehen willst", erklärte Nico. „Und du weißt, dass das auch mich betrifft."

Im nächsten Augenblick hielt Maja ein Glas Champagner in der Hand, stieß mit Nico auf das Wiedersehen an und versank mit ihm in einen langen Kuss. Die alte Geborgenheit, die sie stets in seinen Armen gespürt hatte, hüllte sie ein und sie fieberte dem Moment entgegen, sich ihm mit allen Sinnen hinzugeben.

„Du hast mir so sehr gefehlt", hauchte Maja, als seine streichelnden Hände unter ihr T-Shirt huschten.

Mit jedem Kleidungsstück, das auf dem Sessel in der Ecke landete, stieg das Verlangen, ihn endlich wieder Haut an Haut spüren zu können.

„Ich bin süchtig nach dir", wisperte sie, als er endlich bei ihr lag und seine Lippen über ihren Körper wandern ließ.

Ungeduldig, wie sie war, hätte sie sogar auf das heiße Vorspiel verzichtet, um ihn wieder und wieder in sich spüren zu können. Sie war süchtig nach ihm. Eindeutig.

Ich bin egoistisch, blitzte ein kurzer Gedanke auf, der es sogar schaffte, sie etwas zu zügeln. Nico hatte das gleiche Recht, tiefe Befriedigung zu finden.

Als gäbe es kein Morgen mehr, flogen sie gemeinsam von einem Rausch zum nächsten, jedes Mal die Stellung wechselnd, sich wortlos verstehend und hoffend, dass die Zeit stehenbleiben möge.

Maja fürchtete stets, dass jedes Mal, das letzte Mal gewesen sein könnte. Sie wusste nicht, wie lange sein Interesse für sie noch anhalten werde. Gähnende Leere breitete sich in ihren Gedanken aus, als ihr Nico schließlich zu verstehen gab, dass sie nun gehen müsse.

Maja erschrak zutiefst. Bisher war sie nach den Treffen mit ihrem Liebsten stets wie aus einem Traum aufgewacht. Warum war heute alles anders? Weshalb forderte er sie gerade jetzt auf, ihn zu verlassen? War es für immer?

Maja zog sich an, verabschiedete sich mir einem Kuss und trat aus dem Zimmer direkt auf die Straße. Der bleigraue, wolkenverhangene Himmel passte zu ihrer plötzlich umschlagenden Stimmung.

Ziellos irrte sie durch die Straßen, um den Kopf von trüben Gedanken frei zu bekommen. Sogar die Geschlechtertürme wirkten jetzt bedrohlich. Sie wusste, dass einer von ihnen eine Zeitlang als

Kerker gedient hatte. Maja begann vor innerer Kälte zu frieren. Vielleicht hätte sie ihren Vorahnungen glauben sollen? Sie wusste überhaupt nicht mehr, was oder wem sie jetzt glauben sollte.

Dämliche Pute! Hast du wirklich gedacht, dass ihm mehr als ein Schäferstündchen an dir liegt? Hast es doch selber ganz genau so gewollt. Die Schmetterlingsgedanken, wie eine Schwarm wütender Krähen über sie herfallend, ballten sich als rabenschwarze Wolke über ihrem Kopf zusammen.

Maja wehrte sich nicht einmal gegen die Vorwürfe. Nicht einmal, als sie riefen: *Er wird auch diesmal dein Verderben sein! Hohenfreyberg wird sich wiederholen!*

Sie wusste, dass es genau so kommen werde.

In der darauf folgenden Nacht konnte Maja gar nicht schlafen. Im Zustand tiefster Depressionen wartete sie auf den Morgen, um durch die geplanten Tagesausflüge etwas von ihrem Kummer abgelenkt zu werden.

Über die Autobahn ging es diesmal Richtung Meer durch das Ombrone-Tal, links die Monti Pisani, die Pisaner Berge, und rechts des Tales die Apuanischen Alpen, woher schon Michelangelo den Marmor für seine Kunstwerke bezogen hatte.

Das erste Ziel des heutigen Ausflugs war die mittelalterliche Stadt Lucca, die, wie so viele andere hier, aus einer estruskischen Siedlung entstanden war. 99 Kirchen soll es hier einmal gegeben haben, wie Maja soeben von der Reiseleiterin erfuhr. Puccini war hier zur Welt gekommen.

Maja merkte, dass sie heute unkonzentriert war. Als die Rede auf die hiesigen Wohntürme kam, schweiften ihre Gedanken ganz ab. Wie durch Watte bekam sie gerade noch mit, dass der rund 220 Stufen hohe Torre Guinigi, wie damals auch die anderen Wohntürme hier, nur deshalb mit Bäumen bepflanzt worden war, um der Verordnung ein Schnippchen schlagen zu können, eine bestimmte Höhe nicht überbieten zu dürfen. Es muss grandios ausgesehen haben, als all die anderen Türme noch standen.

Schon hinter dem alten wuchtigen Stadttor, durch welches die Gruppe die Mauer durchschritt, stellte Maja fest, dass sie nicht nur, nicht bei der Sache war, sondern dass sie sich heute nicht einmal auf ihren sonst so einhundertprozentigen Ortssinn verlassen konnte. Die Gedanken drehten sich wie ein Riesenrad, fuhren Achterbahn und stoppten abrupt in Sackgassen. Nicht gerade förderlich, wenn man sich in den verwinkelten Gassen einer fast verwunschen wirkenden Welt zurechtfinden wollte.

Jetzt stand Maja erst einmal vor der Kathedrale San Martino, die Ende des 12. Jahrhunderts erbaut und natürlich auch mehrfarbig mit Marmor ausgeschmückt worden war, vor der Kirche der San Frediano, mit einem der wenigen original erhaltenen Mosaiken in der oberen Fassade, und einem einzeln stehenden Glockenturm, um kurz darauf über die Kirche San Michele in Foro völlig aus dem Häuschen zu geraten, bei der alle Säulen der

Fassade völlig unterschiedlich gestaltet worden waren. Drei Mal 12. Jahrhundert, drei Mal Staunen bei Maja, deren Kamera keine ruhige Minute bekam.

Natürlich bestieg man auch die grandiose über vier Kilometer lange Stadtmauer, mit deren Bau im 15. Jahrhundert begonnen worden war, um einen Blick in die Tiefe zu werfen. Zweifellos war das die schönste Stadtmauer der Toskana. Über 2000 Bäume säumten die straßenbreite Mauerkrone und luden regelrecht zum Bummeln ein.

Maja, noch immer, oder schon wieder, mit den Gedanken bei Nico in San Gimignano, hatte inzwischen endgültig jede Orientierung verloren.

So bat sie schließlich wieder das Grüppchen Frauen, mit ihnen die Zeit bis zur Weiterfahrt verbringen zu dürfen. Auf der Suche nach einem guten, aber bezahlbaren Restaurant oder einer Pizzeria gelangte man schließlich wieder zur Piazza dell´Anfiteatro zurück, einem ehemaligen römischen Amphitheater, das abgetragen worden war und dessen Oval seit dem Mittelalter von Häusern eingefasst wird.

Hier reihte sich ein Lokal an das andere, und wenige Blicke auf die ausliegenden Karten genügten, den richtigen Fleck zum Verweilen zu finden. Aber alles schien sich seit dem gestrigen Abend gegen Maja verschworen zu haben. Statt dem bestellten risotto con funghi porcini, also Reis mit Steinpilzen, brachte der Ober eine riesige pizza con i funghi porcini, die Maja mit großen ungläubigen Augen betrachtete. Er hatte sich wohl nicht vorstellen können, dass eine aus der Gruppe tatsächlich mit dem bestellten Gericht aus der Reihe tanzte.

Wenig später bekam Maja ihr Risotto und nach dem ersten Häppchen, von dem äußerst schmackhaften Gericht, war die Welt für sie wieder in Ordnung, worauf auch die Mundwinkel langsam wieder ein Stückchen nach oben wanderten. Nur der Orientierungssinn schien noch immer auf der Flucht zu sein.

Weil alle ziemlich unsicher waren, welches nun das richtige Tor war, den Platz zu verlassen, um auf schnellstem Weg zum Bushalteplatz zu kommen, bat Maja eine Kellnerin, auf dem kleinen Stadtplan die Route zu markieren. Es stellte sich heraus, dass es genau jenes Tor war, welches Maja im Stillen favorisiert hatte.

Im Eiltempo, weil die Zeit langsam knapp wurde, durchquerten sie den Altstadtkern, hasteten an teuren Boutiquen, Juwelier- und Feinkostgeschäften vorbei, um pünktlich den Treffpunkt zu erreichen. Nur gut, dass die engen Gassen fast komplett für den Autoverkehr gesperrt waren!

Auch die anderen waren rechtzeitig da und so rollte der Bus zügig gen Pisa, dem zweiten Tagesziel. Im 13. Jahrhundert hatte Pisa noch direkt am Meer gelegen, jetzt lagen etwa 13 Kilometer zwischen der Stadt und der Küste. Nach einigen anderen geschichtlichen Daten sprach die Reiseleiterin natürlich auch den Schiefen Turm an, wegen dem wohl die meisten Touristen das Campo di Miraco-li, das Feld der Wunder, aufsuchten.

Kaum fiel das Wort Turm, als Maja wie paralysiert im Bus hockte und sich all ihre Gedanken wieder um Nico und das letzte Zusammentreffen drehten. Das Herzklopfen war nicht mehr das freudige, erwartungsvolle wie noch vor wenigen Tagen – es war zu einem ängstlichen, bangenden geworden. Sofort stiegen wieder Tränen auf, die Maja mühsam zu verbergen suchte.

Der Busparkplatz, so war schon von weitem zu sehen, wurde wieder von ganzen Horden von Schwarzhändler belagert, was Maja schlagartig in die Realität zurückbrachte. Sie hatte keine Lust darauf, zehn Mal in zwei Minuten erklären zu müssen, dass sie nichts, aber auch gar nichts, kaufen wolle. So stieg sie auch lieber mit allen anderen in das Shuttle, um zum Feld der Wunder zu gelangen. Zwar reihte sich auf dem Fußweg bis dahin dann auch Stand an Stand, aber das war harmlos und bewirkte eine Art Volksfeststimmung.

Noch ein paar Meter, dann stand Maja, mehr überwältigt, als je für möglich gehalten hatte, den strahlend weiß in der Sonne leuchtenden Bauwerken gegenüber.

Die Erhabenheit der Kathedrale des Erzbistums Pisa, auch Dom Santa Maria Assunta genannt, raubte Maja den Atem. Nichts ist an diesem monumentalen Sakralbau dem Zufall überlassen – jeder Winkel, jeder Schatten ist genauestens geplant und das Zusammenspiel aus gotischer

Kuppel und Pisaner Romantik der Fassade sucht an Genialität der Harmonie ihresgleichen.

Der Campanile, der Schiefe Turm, beeindruckte Maja nicht weniger. Oft hatte sie sich gewünscht, einmal vor ihm zu stehen. Bei seinem Anblick konnte sie nicht umhin, zuzugeben, dass viele Dinge völlig anders kommen konnten, als geplant, und man nur das Richtige daraus machen musste, wie es die Baumeister getan hatten, als sich der Turmneubau beim Aufsetzen des dritten Stockwerkes bereits zu neigen begann.

Dass der Glockenturm des Pisaner Doms, einst solchen Ruhm erlangen und irgendwann stets eher als der prachtvolle Dom genannt werden würde, hätten sich die Baumeister damals auch keinesfalls vorstellen können.

Sein Architekt, Bonannus, hatte einen 100 Meter Turm geplant, musste sich nun aber mit 55 Metern zufrieden geben. Aber diese 55 Meter haben, allen Widrigkeiten zum Trotz, einen Ruhm erlangt, der auch seinen Architekten unsterblich macht. Zudem stellte der Turm seinerzeit bautechnisch alles Dagewesene in den Schatten. Er hob sich deutlich von den quadratischen Türmen Mittelitaliens, genau wie von den spitz zulaufenden Türmen Nordeuropas ab.

Maja betrachtete das imposante Bauwerk eingehend von allen Seiten und rekapitulierte, was sie noch über es wusste. Dass die Neigung jetzt nur noch fünf Meter betrug, gestoppt, und sogar um 44 Zentimeter gelindert worden war, lag wohl in erster Linie daran, dass sowohl Ausschachtungsarbeiten als auch tonnenschwere Anker den gewünschten Erfolg zeigten. Für einige Jahre war der Turm für Besichtigungen gesperrt worden, um ihn in dieser Zeit für die nächsten 300 Jahre zu sichern, wie Bauexperten meinen.

Maja seufzte tief und vernehmlich. Ihr spukte schon wieder Nico durch den Kopf. Gab es bei ihnen auch noch etwas, das gerettet werden konnte? Und wenn ja, wie?

Selbst auf der Suche nach einer Toilette grübelte sie weiter. Mit dem Ergebnis, dass sie am Ende ihre Kamera am Haken an der Wand dort hängen ließ. Noch auf der Schwelle bemerkte sie deren Fehlen, rannte zurück und fand sie nicht mehr vor. Dabei hatte alles nur wenige Sekunden gedauert!

In Maja brach die Welt endgültig zusammen. Mit hängendem Kopf schlurfte sie der Ausgangstür entgegen und begriff es nicht einmal, als sie mehrfach vom Toilettenmann angesprochen wurde, der ihr schließlich die schmerzlich vermisste Kamera direkt vor die Nase hielt. Mit einem Jubelschrei fiel sie ihm um den Hals, was für herzliches Gelächter in der Warteschlange sorgte.

Noch ziemlich konfus wandte sich Maja dem Baptisterium zu, das 1152 im romanischen Stil erbaut worden war und mit seinen Ausmaßen von einer Höhe von über 50 Metern und mehr als 100 Metern Umfang die größte christliche Taufkirche und der Anastasis Rotunde des Heiligen Grabes von Jerusalem nachempfunden ist.

Den Friedhof, Camposanto Monumentale, trennt eine Mauer von den Gebäuden. Erzbischof Ubaldo de' Lanfranchi soll im Jahr 1203 heilige Erde von einer Kreuzfahrer-Reise aus Jerusalem mitgebracht und hier verstreut haben, weshalb man den Friedhof auch Heiliges Feld nennt.

Nachdem Maja auch noch ausgiebig alle anderen angrenzenden Gebäude in Augenschein genommen hatte, begab sie sich zu Fuß auf den Weg zum Bushalteplatz. An einer großen Kreuzung war sie sich nicht mehr so sicher, auf dem richtigen Pfad zu sein. Also fragte sie den erstbesten Passanten nach dem Weg.

Der zeigte auch in der Luft um mehrere Ecken, was Maja logisch vorkam, denn die Reiseleiterin hatte davon gesprochen, dass man nur richtig sei, wenn man die Bahnschienen überquert hatte. Und genau jene Schienen hatte Maja buchstäblich links liegen lassen. Sie bedankte sich und kehrte sofort um. Zwar kamen ihr hin und wieder Zweifel, trotzdem fand sie am Ende glücklich zum Bus zurück, um gleich wieder von fliegenden Händlern belagert zu werden.

Abschied

Den späten Nachmittag verbrachte Maja im Zentrum von Montecatini Terme, um zu fotografieren, zu bummeln und Schaufenster anzuschauen. Zudem war es der letzte Abend hier und Maja wollte die wenigen Stunden ganz in Ruhe genießen. Die Schmetterlingsgedanken führten Maja kaum merklich zu den interessantesten Stellen, die sie tatsächlich von allem Kummer ablenkten.

Maja drückte sogar einem Passanten ihre Kamera in die Hand, damit der sie auf der Bank des Puccini-Denkmals zusammen mit dem Meister fotografieren konnte, was er auch schmunzelnd tat.

Zum Abschied im Hotel gab es einen Toskana-Abend mit Spezialitäten aus der Region und Maja unterhielt sich noch eine kleine Ewigkeit mit ihrer Tischnachbarin. Ihr Koffer war schon gepackt und nichts trieb sie zur Eile.

Nachts hatte Maja erneut das Gefühl, gerufen zu werden, und lag bis zum Morgen wach. Der Blick aus dem Fenster versank im Nebel und Maja überlief ein Schauer. Kaum waren die Koffer verladen, rollte der Bus auch schon vom Parkplatz des Hotels. Die nebelig-regengraue Landschaft vermittelte Maja das Gefühl von Endgültigkeit, worauf sie wieder jene innere Kälte ansprang, die sie in den letzten Stunden immer öfter und intensiver gespürt hatte.

Der See Lago di Massaciuccoli tauchte in der Ferne auf. Er glänzte fast geheimnisvoll silbrig-bleigrau und Maja konnte Puccini bestens verstehen, der sich hierher zurückgezogen hatte, um nach seiner Vorstellung zu leben.

Außer, dass es hier die Puccini-Festspiele gibt, fiel Maja noch ein, dass der See eigentlich eine Süßwasserlagune ist, zum Naturpark Migliarino gehört und Rastplatz für unzählige Zugvögel ist. Dann verschwand der See auch schon in der Ferne und der Bus fuhr auf der der Küstenautobahn an den Carrara-Marmorbrüchen vorbei.

Die Marmorberge leuchteten wie Schnee in der Sonne, links und rechts der Autobahn präsentierten verschiedene Firmen ihre wohlgefüllten Lagerplätze voller Platten und Blöcke aus dem hellen Gestein.

Majas Gedanken schweiften ab …

Sie erschrak regelrecht, als die Toilettenpause angekündigt wurde, die sie, wie fast immer, an der frischen Luft auf dem Parkplatz verbrachte.

Über den Pass bei Pontremoli gelangte die Reisegruppe schließlich nach Cremona, die weltberühmte Geigenbaustadt in der Lombardei. Bereits 218 vor Christus gegründet, erlebte die Stadt eine sehr wechselvolle Geschichte und wurde mehrfach zerstört.

Das Wetter schien, wie Maja, melancholisch-traurig zu sein. Der Himmel war grau in grau und wartete mit feinem Sprühregen auf, der wenig zum Fotografieren einlud. Maja fand aber immer wieder einen überdachten Platz, von dem aus sie doch noch ein paar Bilder, besonders von dem Glockenturm Torrazzo, aufnehmen konnte. Nachdem sie wieder mit dem Grüppchen Frauen den Markt unsicher gemacht hatte, wanderte sie, statt Mittagessen zu gehen, allein durch die Straßen, um ein bisschen mehr von diesem Stadtviertel zu sehen. Wobei es von oben immer feuchter wurde und sie schließlich auf geradem Weg zum Bushalteplatz zurücktrieb. Die Geschäfte hatten über Mittag eh fast alle geschlossen und irgendwann hielt auch die Kapuze die Nässe nicht mehr ab. Lust, den Regenschirm aus dem Rucksack zu holen, hatte Maja auch nicht gehabt.

Nun kuschelte sie sich wieder ins Polster ihres Sitzes, lauschte den Worten der Reiseleiterin und schaute die regennasse Landschaft an, las Hinweisschilder und kam gleich wieder ins Grübeln, weil sie statt Via Postumia, Via Posthumia gelesen hatte.

Das Wetter war aber auch nicht dazu angetan, fröhliche Gedanken zu bekommen: Von dickstem Nebel bis heftigem Regen war alles dabei und alles durcheinander.

In der Gegend um den Gardasee löste sich das Wetterchaos etwas auf und man konnte sogar den Leuchtturm erkennen. Bei Affi war die Sicht dann ganz passabel und Maja amüsierte sich über eine Herde Schafe zwischen Weinreben, die von einem Esel bewacht wurde. Einen Tag vorher hatte sie sich mit ihrer Busplatznachbarin noch darüber unterhalten, dass Esel wohl die besten Wächter für Schafherden sind.

Dafür begann es ab Abzweig Klausen wieder zu regnen, als habe der Himmel alle Schleusen gleichzeitig geöffnet und das hörte erst nach dem Brennerpass wieder auf.

Am späten Abend langte Maja im Hotel in Zirl an und hörte beim Aussteigen aus dem Bus mehrmals deutlich ihren Namen flüstern. Ziemlich irritiert nahm sie vom Busfahrer ihren Koffer entgegen, an der Rezeption den Zimmerschlüssel und öffnete als er als Erstes das Fenster, von wo aus sie deutlich die Reste der Burg Fragenstein erkennen konnte.

Die wispernden Schmetterlingsgedanken, die mühsam versuchten, sie von der Burg abzulenken, ignorierte Maja völlig. Stattdessen stand sie fast eine halbe Stunde da, schaute in die Finsternis und hätte noch das Abendbrot verpasst, wenn da nicht plötzlich ein Hund zu bellen begonnen hätte.

Die Tischnachbarn schauten Maja mehrmals prüfend an, da sie ziemlich einsilbig auf Ansprache reagierte und völlig abwesend wirkte. Sie aß schnell und schweigend, erhob sich, kaum dass der Teller leer war, und verließ den Saal.

Wenige Augenblicke später gab sie, ihren Rucksack auf dem Rücken, den Zimmerschlüssel ab.

„Sie wollen doch nicht etwa um diese Zeit noch wandern gehen?!", fragte die Angestellte erstaunt.

„Warum nicht?", stellte Maja lächelnd die Gegenfrage. „Morgen früh fahre ich ja schon nach

Hause, da möchte ich wenigstens ein Mal die Reste der Burg Fragenstein von nahem gesehen haben."

„Passen Sie bloß auf sich auf! Das ist in der Nacht nicht ungefährlich!", rief ihr die Dame hinterm Tresen noch nach.

Maja hörte es zwar, reagierte aber nicht mehr darauf. Sie marschierte bereits die Straße entlang, um auf kürzestem Weg ihr Ziel zu erreichen.

Kehr bitte um, baten die Schmetterlingsgedanken inständig und drängten sich schutzsuchend zusammen.

Maja vernahm sie nicht, sie schwelgte in Erinnerungen. Selbst jene aus San Gimignano ließ sie mit nun einem versteckten Lächeln Revue passieren.

Irgendwann stand sie tatsächlich vor einem der noch erhaltenen Türme, der düster vor ihr in die Nacht ragte. Wie sie aus den Resten der Ringmauer erkannte, musste es der obere Turm sein, der besser erhalten geblieben war, als die anderen stummen Zeugen der einst wundervollen Anlage.

Eine dunkel gekleidete Gestalt trat plötzlich aus dem Schatten genau in den Lichtkegel ihrer Taschenlampe und Maja schreckte zusammen. Ein Wunder, dass ihr nicht die Lampe aus der Hand rutschte! Sie ließ den Strahl nach oben wandern, um das Gesicht erkennen zu können.

„Nico?!", fragte sie völlig verblüfft. Sie fuhr sich sogar mit der anderen Hand über die Augen.

„Genau der!", bekam sie mit einem burschikosen Grinsen zur Antwort. „Hast mich ziemlich
lange warten lassen."

„Bitte was?" Maja senkte die Taschenlampe,
ohne das Licht zu löschen.

Alberne Frage, kicherten auch die Schmetterlinge,
*du müsstest doch langsam wissen, dass er überall auftau-
chen kann und ständig orakelt, egal was er sagt.*

„Darf ich dich ein bisschen herumführen oder
willst du nur von hier außen fotografieren?" Nico
zeigte mit der Hand in die Runde.

„Darf man denn einfach so hinein?", staunte
Maja.

Er lächelte breit: „Man nicht, aber du, wenn ich
dabei bin. Komm!" Er reichte ihr die Hand.

Vor dem Bergfried, dem Zugang zur Westseite,
blieb er stehen, schaute sich forschend um und
zog, als kein Mensch weit und breit zu sehen war,
einen großen altertümlichen Schlüssel aus der
Tasche. Knarrend öffnete sich eine eiserne Tür,
die Maja gar nicht bemerkt hatte. Dann fasste er
sie wieder bei der Hand und zog sie durch den
Spalt hinter sich her.

Grelles Licht blendete Maja, die rasch die
schmerzenden Augen schließen musste. Gleichzeitig erklang Pferdegetrappel, lautes Rufen und Hör-
nerklang. Blinzelnd versuchte sie, etwas zu erkennen. Als der Blick wieder klar war, schaute sie sich
etwas verunsichert um.

„Sie reiten zur Gamsjagd", erklärte Nico, der
wie alle hier, bewaffnet, in erlesene Gewänder des

15. Jahrhunderts gekleidet und wie Maja bereits ahnte, Sigmund der Münzreiche war.

Willst du wirklich noch einmal für ihn sterben? Die Schmetterlingsgedanken stoben auf, wie ein Schwarm erschreckter Spatzen.

Maja erteilte ihnen unwirsch Redeverbot und folgte lieber Sigmund neugierig durch das weitläufige Gelände. Sie erspähte zwei große Holzstapel, welche sie an Scheiterhaufen erinnerten, und musste schlucken. Erst auf den zweiten Blick bemerkte sie, dass einer der beiden Holzstöße feucht gehalten wurde, der andere, abgedeckt, trocken und atmete erleichtert auf. Sicher wurden hier die weithin sichtbaren Kreidfeuer erzeugt, mit denen man damals kommunizierte, wenn Gefahr im Verzug war.

In diesem Augenblick erklärte Sigmund auch schon: „Wie Ihr seht, sind wir immer bestens vorbereitet. Bei Tage können wir Rauchzeichen mit dem feuchten Holz senden und bei Nacht Feuerschein mit dem trockenen."

„Ja, mein Herr, wirklich beeindruckend", erwiderte Maja lächelnd.

Sigmund blieb stehen. „Diese Burg ist, was ich Euch als Wohnsitz bieten könnte, wenn Ihr bleiben möchtet."

Maja war zu überrascht, um gleich zu antworten. *Hierbleiben? In der Reichweite seiner Gattin, die sie bei der erstbesten Gelegenheit aufknüpfen lassen werde, sollte sie Wind von der heimlichen Liebschaft bekommen?*

Die Schmetterlinge wagten es, Einspruch mit ähnlichen Worten zu erheben. Maja schien ihnen sogar zuzuhören. Nur nicht für lange, denn Sigmund geleitete sie soeben, vom Volk auf dem Hof ungesehen, zu einem der Türme.

„Hierhin ziehe ich mich zurück, wenn ich völlig ungestört sein will", flüsterte er ihr ins Ohr, die Tür rasch abschließend, als sie eingetreten waren und Maja in die Arme ziehend. „Ihr habt mir gefehlt."

Maja wusste inzwischen nicht mehr, was sie wirklich glauben sollte. Möglich, dass das nur ein dahingesagter Satz gewesen war. Vielleicht aber auch nicht, und er hatte sich wirklich ein bisschen nach ihr gesehnt.

Im Bruchteil eines Wimpernschlages hatte alles Nachdenken keine Bedeutung mehr. Mit einem einzigen Kuss hatte Sigmund das verloren geglaubte Terrain zurückerobert und den wachsenden Eispanzer um Majas Herz zum Schmelzen gebracht.

Während Maja die nun folgenden Zärtlichkeiten schon ungeduldig herbeisehnte, ließen die Schmetterlingsgedanken traurig die Flügel hängen, sie hatten wirklich vieles versucht, die Liaison zu torpedieren.

Sigmund brillierte mit allem, was für Maja das Liebesspiel zu einem Erlebnis der Extraklasse machte. Mit wahrer Engelsgeduld streichelte er eine halbe Ewigkeit ihren nackten Rücken, was sie mit Seufzern kommentierte, die dem wohligen Schnurren einer zufriedenen Katze glichen.

Manchmal irrten seine Hände ab, ihre Brüste streichelnd, um Maja schließlich auf den Rücken zu drehen. Nun übernahmen seine warmen Lippen das Kommando, bedeckten ihre Haut mit heißen Küssen und wanderten schließlich zu jener Stelle, die ihn am meisten interessierte.

Einmal dort, gab es für ihn kein Halten mehr. Fliegende Stellungswechsel, Dauerlust und heißes Liebesgeflüster versetzten beide in einen Rausch, der mit nichts zu vergleichen war und alles bisher Gewesene weit in den Schatten stellte. Hände, die sich fanden, um sich zu umklammern, als wollten sie sich nie mehr loslassen.

Ein letzter Versuch der Schmetterlingsgedanken, zu retten, was noch zu retten war, denn Majas Zeit lief ab, diese Welt unbeschadet verlassen zu können. Hoffnungsvoll schlugen sie mit den Flügeln, als Maja, an Sigmund gekuschelt, tatsächlich erklärte, nun gehen zu müssen. Sie stand auch sofort auf und zog sich an.

Er hingegen blieb noch einen Moment liegen, geschockt, als habe er einen Guss kalten Wassers ins Gesicht bekommen.

„Was muss ich tun, um Euch zu halten?", flüsterte er. „Ich werde es schriftlich hinterlegen, dass Euch niemand zu behelligen hat. Man wird es nicht wagen, Erzherzog Sigmunds Befehle zu missachten."

Maja fasste nach der Türklinke. „Ihr wisst, dass mich weder Titel noch Reichtum wirklich beeindrucken."

Sigmund atmete tief durch, enthielt sich eines Kommentars und führte sie wortlos über die kleine Zugbrücke des Obergeschosses aus dem Turm, direkt zu einem Rundbogen auf der Südseite, der von außen nicht zu sehen gewesen war. Er betätigte einen geheimen Mechanismus, worauf sich ein Teil des Mauerwerks drehte, einen engen Durchlass freigebend.

Er küsste sie zärtlich zum Abschied. Tieftraurig reichte er ihr noch einmal die Hand durch den Spalt, der die Welten trennte. „Warum bleibt Ihr nicht bei mir? Was habt Ihr zu verlieren?"

Maja spürte seine wohltuende Wärme an ihrer Haut. Zum letzten Mal, wie sie tief in ihrem Unterbewusstsein ahnte. Sie schloss die Augen. Er sollte ihre Tränen nicht sehen, die sie nicht mehr zurückhalten konnte.

„Ich lege Euch nicht nur eine Burg und Ländereien zu Füßen, sondern mein Herz, das Ihr mir mit diesem Abschied aus der Brust reißt", hörte sie ihn sagen, während sich der Riss in der Mauer immer mehr verengte.

Maja fühlte, wie sich seine Hand in der ihren aufzulösen schien. Sie öffnete die Augen und sah, wie Sigmund buchstäblich verblasste, wie eine Erinnerung, die irgendwann verschwindet.

Sie schrie auf: „Nein! Nicht! Sigmund!"

„Lebt wohl", flüsterte seine Stimme, während er bereits mehr einem Nebel als einem Menschen ähnelte.

„Nein, nein, neeeeeiiiiiin! Siiiiiiigmuuuuund!" Maja drehte durch. Panisch zwängte sie sich durch die schmale Öffnung zurück in die Burg, obwohl sie wusste, dass sie es vielleicht nicht schaffen würde. Am rauen Stein riss sie sich die Haut in Fetzen, als sich die Mauer mit einem donnernden Krachen endgültig schloss.

Draußen taumelten die Schmetterlingsgedanken sterbend zur Erde.

Als Maja wieder zu sich kam, lag sie blutüberströmt auf dem Boden hinter der Ringmauer. Ihr Kopf ruhte auf Herzog Sigmunds Schoß.

„Nicht bewegen, Liebste. Es wird alles gut. Mein Knappe holt gerade meinen Leibarzt."

Auf der anderen Seite der Mauer, in einer anderen Zeit, brach soeben der Morgen an. Man hatte Maja schon seit Stunden vermisst. Sie war allein zu dieser bei Tag harmlosen Bergwanderung aufgebrochen und nicht ins Hotel zurückgekehrt. Mehrere Einheimische waren sofort losgegangen, um sie zu suchen.

„Wir haben sie nicht gefunden", erklärten die zurückkehrenden Männer.

Der Hotelbesitzer schaute zum Felsen mit der Ruine hinüber, deren Silhouette sich, vom ersten Morgenlicht umflossen, vom Himmel abhob. „Was kann sie nur mitten in der Nacht dort oben gewollt haben? Es sind doch außer den Türmen nur unbedeutende, kaum noch sichtbare Mauer-reste der alten Burg übrig."

Gegen Mittag fand man deutlich erkennbare Blutflecke zwischen den Mauersteinen, die eindeu-tig der Vermissten zuzuordnen waren, wie eine Analyse ergab. Zweifellos musste sich ein Unglück ereignet haben. Nach drei Tagen brach man die intensive, aber erfolglose Suche mit Spürhunden ab, da diese immer wieder zum selben Punkt zurückkehrten.

Maja war und blieb verschwunden.

* wird fortgesetzt *

Alle weiteren Bücher aus dieser Reiseserie:

Band 2:   **Band 3:**

Band 4:   **Band 5:**

Noch mehr spannende Serien finden Sie auf:
www.reni-dammrich-geschichtenzauber.de
und im gut sortierten Handel.